Jordi Pueyo i Tapias

Segona Vida

Llibres de l'Índex

Segona Vida

Primera edició: març de 2019

© Jordi Pueyo i Tapias

© Foto coberta: Anna Rodríguez Serrano
© Del pròleg: David Fernandez
© Del postfaci: Yayo Herrero

© d'aquesta edició: Ediciones de La Tempestad SL, 2019

Llibres de l'Índex®
carrer Pujades, 6 - Local 2
08005 Barcelona
Tel: 932 250 439
E-mail: info@llibresindex.com
www.llibresindex.cat

ISBN: 978-84-949412-7-6
Dipòsit legal: B-9.761-2019

Índex

Biofília per resistir

La veritat material del capitalisme
mundialitzat és pur feixisme.
Yayo Herrero

En temps d'incerteses —segons dicta el nou ideari global, rere una crisi que encara dura i que ha arribat programada i per quedar-s'hi en l'eterna volta de cargol— mai se sap del cert quan ens acabem posant a escriure un pròleg. Ni en quines circumstàncies concretes ni en quin context imprevist ho acabaràs fent. Sí saps, això rai i sempre, que és una bona nova que un amic i company pareixi —gesti, embarassi, llauri— un llibre. I que un dia del darrer desembre en Jordi truqui per sondejar si som capaços —afirmació i resistència— d'afegir-hi, sal i pebre, alguns mots. Fa també respecte haver de posar-s'hi a triar les paraules justes i merescudes. Abans de posar-se a llegir, les primerenques condicions concretes d'aquella comunicació em va enxampar a punt d'agafar el tren cap a Ginebra, Nadal lluny de casa, per compartir dies i nits amb l'Anna Gabriel. El 'pdf' que enviava en Jordi, aquest llibre que ara tens entre les mans, es deia ja *Segona Vida*. La metàfora, en trànsit cap a Suïssa, volava aleshores sola. Segones vides: on som ens recorda d'on venim i on volem anar, des de la memòria d'un futur anterior.

Passa que passa, tercer cap de setmana d'un març eixut de 2019 en l'era del capitalisme global més voraç i carronyaire, que realitat i ficció, utopia i distopia, hybris i contenció, se'ns mal barregen jorn rere jorn. Assistim cada dia a un *black mirror* quotidià on ens tenalla la pitjor versió de nosaltres mateixos. Aquest cap de setmana han arribat els ressons de la mort a Nova Zelanda, deliris supremacistes en auge. I ahir a la nit sortia del teatre —La bona persona de Shenzuan, de Brecht— on s'explora insondablement sobre les possibilitats —les opcions— de la penúltima bondat humana en un entorn on tot convida a envilir-se, al campi qui pugui i a la llei salvatge de la selva urbana de les megapolis globals, cada dia més insostenibles, més invivibles i menys habitables. Contra el teatre de les vanitats del món, vaig anar a veure l'obra amb l'amiga que més he après a estimar, que tot just acabava de tornar d'Hondures, per commemorar a la seva comunitat el tercer aniversari del cruel assassinat de l'activista ecologista Berta Cáceres. A tocar del Rio Blanco, ha dormit aquests dies al municipi de La Esperanza, en un llogaret que es diu Utopia. No és cap metáfora —i el megaprojecte de presa ha estat aturat provisionalment. Divendres, els estudiants, un cop més, prenien la capdavantera i sortien arreu del món, convocats en la vaga pel clima. I llum contra tanta foscor i l'esperança sempre entre les dents, se m'ha quedat fa una setmana la notícia llegida on s'explica que a l'entorn de Chernobyl ha tornat la vida animal i vegetal. La vida, en temps d'infàmia, és quan més mostra la seva resiliència, desobediència i resistència.

Provo de continuar. En l'estela de l'enlloc de la prestatgeria on guardem tants llibres, suren alguns títols que han avançat hipòtesis funestes: mentre llegia en Jordi retrunyien a la neurona passatges de *En la carretera*. *Segona vida* s'inscriuria de ple en aquesta corrent que esbossa el pitjor... per poder evitar-ho encara. Per revertir-ho. Per sabotejar-ho. La Jana, l'Estel, en Madaix, la Naima —el retaule humà que hi trobareu, en un quadre negre de desastre— parla sobretot de nosaltres i d'alguns incunables de la condició humana, extremadament ambigua i ambivalent i capaç del terrible i del sublim. El què fem, el què no fem, el què encara podem fer. Indolència o autoexigència, quan la 'major' victòria del capitalisme, avui per avui, és el règim general d'indiferència davant el sofriment aliè que ha aconseguit imposar. Una indiferència —calculada, irracional, assumida?— que vindria a ser el pitjor dels crims quotidians i que algun dia mirant pel retrovisor —rescat bancari, mediterrània feta bàrbara fossa comuna, violències patriarcals— disparà unes poques preguntes, pot ser fetes per filles i fills: per què ho toleràveu? Per què ho permetíeu? En què carai pensàveu?

Cada día
un paso más
hacia la barbarie
ecológica
económica
política
cultural
emocional
social
anímica
cada día
un pasito
y en los días malos
—no son pocos—
una buena zancada

JORGE REICHMAN

Més. La lectura de *Segona Vida* m'ha suscitat multitud d'apunts al marge –idees, reflexions, referències, dilemes, dubtes, preguntes sense resposta. «Arribarem a temps?» deu ser el reclam perenne de l'ecologisme social fa dècades. Remarco fa dècades perquè no serà per avisos i preavisos: Els límits del creixement es va publicar gairebé fa 50 anys alertant del risc de col·lapse. Hem fet cas de les sensates recomanacions que proposaven? No, s'ha fet tot el contrari: deien de frenar i han premut el turboaccelerador. Tot arribant al límit de desafiar-ho tot, des de la cultura de la cobdícia i l'avarícia, fins esbotzar tots els límits i capgirar, perversament, les relacions amb la biosfera i la llei de l'entropia. Abans, diguem-ho així, l'home i la dona depenien de la natura per sobreviure. Ara, hem anat tant lluny, que és la natura la que depèn de l'home. Cada cop que a l'home li entra complex de Déu —Déu Diner, Religió Negoci— arriben les devastacions, les degradacions i les brutalitats.

9

El llibre, endinsat i nascut de les arrels de la consciència social, ecològica i feminista, ens recordarà algunes coses imprescindibles i vitals que cada dia ens volen fer oblidar. *Aido i diké*, dirien els grecs: sentit de decència i sentit de justícia, conscients de la finitud de cadascú de nosaltres i de la fragilitat i vulnerabilitat dels cossos humans. Fer-nos recordar que som, fonamentalment, ecodepenents i interdependents. Depenem de l'entorn ecològic per sobreviure i depenem els uns dels altres per conviure. I per això cooperativisme, feminisme, municipalisme i ecologisme constitueixen avui —ressons kurds de confederalisme democràtic i de dones lliures a Kobane— el dic de contenció i la més fèrtil de les esperances —ja fràgils— en un present diferent que basteixi un futur distint. Contra la fe cega d'un Progrès esdevingut Regressió, la fe tecnolàtrica i la línia recta del pas de l'oca de la Història, que sempre s'acaba torçant contra els mateixos —i sobretot, les mateixes. Espanta pensar que fiem tot futur i tota garantia, via Silicon Valley, a les màquines i a la conquesta de Mart. Fe en la màquina perquè ja no creiem en la condició humana, desig de Mart per què ja no ens refiem d'aquest planeta? —fa poc va marxar, Stephen Hawking, que no donava més de cent anys de vida a aquest planeta; Hawking era un físic compromès, no pas un profeta apocalíptic. Coses ja dites: Té tantíssima raó el filòsof eco-socialista Jorge Riechmann quan afirma que la fe cega en la tecnociència i el que és transhumà ha esdevingut mite, fantasia i religió. Com que ja no podem confiar en la condició humana, val més fer-ho en les màquines que tot ho resoldran. Com que ja no podem confiar en la sostenibilitat de la vida en aquest planeta, val més que en cerquem de nous a fora. I si ens dediquéssim a arreglar aquest? Riechmann sosté, amb totes les dades, reflexions i valors al seu favor, que el XXI serà el segle de la Gran Prova. Perquè si alguna cosa ha demostrat l'ésser humà és que és capaç, sempre, de fer-ho encara pitjor. I cap silenci ha augurat mai cap futur millor.

Acabo, segurament, per on hauria d'haver començat —si sempre hi ha un principi i sempre hi ha un final, aleshores l'important és l'interval. Aquesta és una història de vincles, solidaritats i confiances que s'han fet indestructibles perquè han estat guarides, salvaguardades, cuidades. En un país petit de velocitats digitals accelerades, ja és curiós i estrany que fa molts anys que no veig físicament en Jordi Pueyo. I, malgrat tot, cada trucada és com si fos ahir i no hagués passat cap dia. Ens sabem en les xarxes solidàries i bastides comunitàries que hem anat construint, aviat és dit, en els darrers trenta anys. Conec en Jordi fa molts anys —uns noranta on ja traginàvem obrint ateneus al Gòtic o a Gràcia, ateneus instintius alliberadors per no resignar-nos mai i a combatre les pors. La nostra generació —quinta no en diré, perquè ens vam fer insubmisos— porta ja uns anys recosint pedaços i ajuntant paraules. I escrivint llibres: al vol de la memòria llibretera: *La revolta que viurem* d'Ivan Miró, *No ens calia estudiar tant* de Marta Rojals, *Que pagui Pujol*, de Joni D, *Beneïda sigui la serp* de Sònia Moll o *Tantes mudes* de Mireia Calafell. Fa 25 anys —El Rostre de l'Altre— Xavier Antich escrivia: *La reflexió que ignora els problemes humans o és cínica o n'és còmplice.* L'estimat Xavier hi afegia: *Ens cal un pensament reivindicatiu i, al mateix temps, autocrític, un esguard lúcid a la defensa de la inviolabilitat de l'altre i del dret a la diferència.* Això fa en Jordi amb aquest llibre —i aleshores, ésclar: mil gràcies.

Toca la lira mentre Roma crema és una temptació recorrent en qualsevol moment —fer-se l'orni, mirar a una altra banda, desentendre's de— és no fer res. Per això, aquesta *Segona vida* d'en Jordi és l'antònim resistent real del *Second Life Virtual*, aquest vídeo joc distòpic que ens fa fugir de la realitat i fantasiejar amb la vida que no tindrem mai per escapolir-nos de la que (no) vivim i que, malgrat tot i contra tot, és l'única que podem canviar. Per poder viure-la, encara, en un temps de vida fora del capitalisme.

DAVID FERNÁNDEZ
Periodista i polític
Març de l'any 2019

L'HOME SENZILL

Algún día en cualquier parte, en cualquier lugar
indefectiblemente te encontrarás a ti mismo, y ésa, sólo
ésa puede ser la más feliz o la más amarga de tus horas.

Algun dia en qualsevol banda, en qualsevol lloc
indefectiblement et trobaràs a tu mateix, i eixa, només
eixa, pot ser la més feliç o la més amarga de tes hores.

PABLO NERUDA

I

Són uns peus vells i cansats, amb clivelles profundes de pell escrostonada i seca, talment com el llom enfangat d'un elefant, uns peus enganxats a uns turmells d'un morat blavós esquitxat per milers de diminutes venes i vessaments rogencs. Uns dits torts i encetats als quals han caigut aquells quatre pèls gruixuts i rebels que tant m'incomodaven. L'ull de poll s'alça insolent, vermellós entre tanta carn molsuda embolcallada de blancor. Les ungles, són unglots inabastables que ja fa temps que soc incapaç de tallar, la qual cosa tant em va costar d'acceptar. Sobre peus i turmells, unes cames flàccides i varicoses que no reconec com a meves. Més amunt dels genolls les cuixes empal·lideixen i la pell esdevé fina, d'un rosat esgrogueït, envellit com el color del paper amb què vam vestir les parets almenys vint anys enrere. I soc jo, el mirall retorna la meva imatge. Mentre alço els braços enlaire, ben enlaire i inflo els pulmons, continuo explorant-me. Trec pit, i tot i això els mugrons pengen d'uns pectorals desinflats que busquen el terra. Abaixo els braços i expiro; soc tan vell que el greix s'ha fos i ara sota masculines mamelletes flonges, abrigades per les restes canoses del que havia estat un tors de vellut, la pell penja. Els sacsons són pelleringues sense carn i només el ventre es manté ferm i parcialment elàstic. Mans amunt, altre cop, i la pell dels collons, d'uns testicles pràcticament calbs també

13

penja. Avall... res de nou, cada vespre és igual, fa tants anys que m'accepto com soc i he oblidat com era. La cigala caparruda, que tant m'ha marcat, que tant m'ha definit des que vaig tenir aquella infecció, ha deixat de ser suggeridora i divertida, per ser simplement un bedoll de carn que penja, el meu pardalet adormit. Encara recordo, amb ironia aquell moment.

Quan vaig tenir el problema "allà baix", no en vaig dir res a ningú, i mut vaig patir el dolor intens en soledat. M'avergonyia dir-ho als amics, que ho sabessin els companys. Vaig defugir tota insinuació durant un llarg temps allunyant-me esquerp de qualsevol dona que se m'atansés. Em sentia culpable, responsable de la meva dolença per haver gaudit bojament, a bastament, estúpidament sense cap mena de protecció. Finalment quan el pus i la coïssor no em permetien pensar en altra cosa, vaig vèncer l'aïllament i vaig dir-ho al pare. Ell va somriure, i després de picar-me l'ullet va abraçar-me acollidor amb els seus braços. Jo li vaig demanar que no en digués res a la mare; tot i saber que era en va, la demanda de confidencialitat m'estalviaria de parlar-ne amb ella. Després de fer-li-ho saber em vaig sentir alleugerit i acompanyat i tots dos junts, amb la col·laboració volgudament secreta de la mare, vam visitar un parell d'especialistes. El diagnòstic, idèntic: balanitis aguda infecciosa, i el tractament també va ser coincident. Vaig iniciar el tractament amb unes pomades i uns antibiòtics, i d'entrada va semblar que tot retornava a lloc. Però en breu, tal com vaig tornar a deixar-me anar, encara que vaig fer-ho en solitari, la fimosi va remetre, i amb ella l'ordre mèdica de reprendre el tractament. El dolor no em permetia ni espolsar-la a l'hora de pixar i aquesta vegada va anar per llarg. El retrobament amb el sexe va ser més excitant que plaent i l'endemà mateix tornava a tenir el gland totalment entumit. L'uròleg m'aconsellà, després del tercer procés d'inflamació, que em sotmetés a cirurgia. Des de llavors soc un individu circumcidat. Arran d'aquest episodi soc un home arreglat, acompanyat d'aquest tret diferencial.

A l'edat de vint-i-un anys i totalment embriac vaig passar per les mans de la reina del barri, que fins aquells moments, innocent de mi, havia estat la meva millor amiga. Després d'aquella nit de borratxera, el meu secret va deixar de ser-ho, la fera engabiada que habitava entre les meves cames va ser centre de xafarderies entre les jovenetes, i em van rebatejar com "El Sefardí". El sobrenom no em va fer cap gràcia, però de la xafarderia a la tafaneria hi ha un pas, i això va fer-me el noi més afortunat i envejat del barri.

Fixament em contemplo el rostre a l'espill. El que veig no soc jo, sinó el reflex d'una història, de la meva història. Amples entrades i profunds solcs em marquen el front, em dibuixen la cara. Sota les marques reflexives del frontal, perpendiculars arrugues, paral·leles damunt el nas perfilen l'inici de cada cella, com un monument al dubte, a l'escepticisme. Les celles, cada cop més llargues i menys poblades, gairebé albines, dissimulen lleument les bosses liles i venoses que s'estenen fins unes parpelles sota les quals s'amaguen uns ulls emmenudits, que encara conserven guspires de brillantor. Al capdamunt de la nàpia es percep el traç encetat del pont de les ulleres sobre muntura metàl·lica, que em permeten encara devorar lletres i signes. I més que llegeixo, més fam tinc de relats i històries, paraules i versos.

Ai, aquest rostre! Carona que havia estat jove i esplèndida, i avui sé del cert que no hi ha cares joves que no siguin boniques. Els pòmuls eixuts han enfonsat les galtes, han eixamplat els narius, o almenys això sembla. Només els lòbuls pengen més que els testicles, sort que mai no he dut arracades! Pel que fa a les orelles ja no abasto, ni em preocupo per fer net de l'embull de borrissol que oculta ambdós forats, només em preocupa escoltar, i pateixo en silenci, mai millor dit, perquè cada dia tinc l'oïda menys fina.

Soc jo aquest rostre? Soc el jo present, no el jo que era, tot i saber que tot el que he estat és el que veig, el que em defineix. Si tinc vuitanta-tres anys és precisament perquè n'he tingut vuitanta-dos i així d'any en any fins al dia en què vaig néixer. He arribat fins aquí, i tot i que cada dia em veig a l'espill, em costa reconèixer-me mancat d'atractiu. Paradoxa del destí em sento afortunat de la meva apatia, d'haver perdut tota fam seductora, satisfet de no veure'm empès per desig de cap mena.

I m'ajupo i em torno a alçar, tan avall com puc, no pas gaire, més aviat poc, i així fins a deu cops. Sento els genolls ossuts engranar i desengranar-se. Les cames, afeblides, han perdut tota lluentor, i els músculs s'han confós en una amalgama fibrosa.

Sota la barbeta, mal afaitada, i des de les galtes, talment com gripau de bassa, es dibuixa una pelluda papada. Pronunciades arrugues dibuixant les comissures labials em caracteritzen grollerament com un bord de mena, un avi insatisfet i rondinaire. Tothom deu creure que estic de mala llet, que tinc mala gana, però no és així, és el traç de les penes passades. I esforçant-me somric i esguardo atent el pont invertit que formen els meus apagats llavis molsosos. Soc un vell boig, decrèpit, nostàlgic i romàntic, però no ximple. Un fotut erudit, un *puto* intel·lectual antiquat, un vell professor obsessionat per la literatura, enamorat per la bellesa de les paraules, atrapat en mons imaginaris, en realitats imaginables. Això m'entristeix i m'alegra, m'il·lusiona i em decep, és aquesta joventut atrapada en aquest desgastat xassís decrèpit l'única raó que em fa frisar per viure.

I aquestes realitats imaginables han deixat, en la carcassa atrotinada que em dibuixa, ferides cicatritzades i ferides per guarir encara, que expliquen cada plec, cada postura. Tantes nafres com batalles, tantes marques... massa per ser recordades. Just sobre l'abdomen dues línies avui rosa pàl·lid, ahir mateix morat blavós, delaten altre cop el meu pas per la sala d'operacions.

A dreta ploro el tros de fetge que em manca, em sento del tot restablert, si no fos per l'edat, però guardo dol per la meva carn extirpada i sento malestar cada cop que rememoro el calvari del càncer i el temps que vaig malviure, funàmbul, entre la casa de Keb i el domini d'Osiris. El dol de viure la visita de cada amic com un comiat, de repassar el viscut, de retrobar-me amb aquells que havien anat quedant distants, allunyats pels fets i per l'espai. El diagnòstic va ser metàstasi hepàtica i el pronòstic, que em vaig reservar per a mi, era tan greu que vaig haver d'esgarrapar al metge que em quedava, com a màxim, un any de vida, mentre ell decidia que l'única opció era arrencar-me el tros de fetge que estava infestat pel tumor. Després de la cirurgia la inquietud per les alternatives em va portar a descobrir la kalanchoe, una planta que, vistos els resultats i si hi cregués, bé podria qualificar com a miraculosa.

A esquerra salto de ràbia, tenso els cos i m'esgarrifo en pensar el que és capaç de fer un home a un altre per pocs diners, per una mica de poder, per un xic d'autoritat. Havíem sortit al carrer, érem més dels que esperàvem, molts més i ens sentíem forts. La confiança ens va trair i vam descuidar totalment l'autoprotecció. Ens manifestàvem cofois i tot era una festa, perquè la marxa era un èxit i no tindrien altre remei que fer-nos cas i rectificar. Majoria, érem majoria, el carrer bullia, havíem vençut. Però no, des de dalt van donar ordre de carregar, d'arremetre contra tots, contra tot el que ells mateixos havien promès defensar. Van posar per davant les ordres, la llei, l'*statu quo*. La càrrega va ser devastadora, salvatge, brutal i el que havia estat la meva estrena m'ha acompanyat per sempre, sempre més al meu costat. El primer acte massiu de protesta, la innocència de qui pensa que res no pot passar-li si res no fa, la d'aquell que creu que rep només aquell que s'ho mereix, va ser abatuda just després l'embat, rere el xoc inicial i la contundent embranzida. Em van deixar arraulit a la primera topada i vaig caure al terra panxa enlaire. Acte seguit vaig sentir una puntada a les costelles, que em clavaven les botes al ventre, i tornaven a colpejar-me sense treva ni pietat. Ja no vaig poder alçar-me ni sentir res més, m'havia desmaiat. Vaig despertar entre bates verdes i mascaretes que em donaven consol i em guarien les ferides mentre em demanaven tranquil·litat. Vaig sentir enterbolir-se l'aire i la ment i em va envair el son i un somni dolç que no he pogut recordar. Un fred gèlid em va desvetllar i, com un llampec, vaig obrir els ulls i vaig voler protegir el cos, a l'espera d'una nova patacada. El cop no arribava i del braç penjaven uns tubs i altres m'arribaven al costat. Neguitós i poruc vaig xisclar demanant ajut, si us plau ajut, i la veu dolça d'una infermera preciosa, que no vaig veure més, em va reconfortar. Havia de fer bondat, repòs absolut, si volia restablir-me aviat. Tres costelles trencades, fractura de pelvis i la melsa rebentada havia estat l'avaluació individual de danys, els efectes personals de la pallissa sagnant que em van fotre els que jo creia que m'havien de defensar. I adeu melsa, adeu innocència. Els mateixos cops que m'havien arrencat un tros de les entranyes, havien extirpat de mi la ingenuïtat. L'inventari de la batalla encara era més demolidor pel que fa a ferits, detinguts i empresonats. La raó i el carrer eren nostres, però ens havien volgut demostrar que la força i la llei eren al seu costat. Lluny de l'equilibri entre David i Goliat em sentia com herba al pas d'Àtila. Però l'herba, passi qui passi, passi com passi, rebrota i torna a créixer i s'espiga i escampa grana i arrels. Havien trepitjat els nostres drets, la llibertat de tots, també la seva. Matxucaven els molts en defensa d'uns pocs, d'unes elits que no els tenien en compte, si més no que no els hi tenien més que als gossos que defensen la seguretat de l'amo i sempre, sempre, sempre són animals que es poden sacrificar. Així doncs, tot i no ser-ne conscients, acarnissant-se contra nosaltres posaven en risc la seva pell, la seva seguretat.

A vegades em sento mutant en procés invers, de papallona a capoll, de cigne a aneguet lleig, però així i tot encara recordo somriure. El darrer exercici que em manca abans de jeure a clapar és el que més em compensa, l'únic que lluny d'esgotar-me em diverteix i relaxa. Trec la llengua i la faig ballar, mentre giro els ulls amunt i avall, a esquerra i a dreta. La cara de xaruc em fa sentir infant, m'humanitza i em reconforta tendrament, abans de dormir només queden per fer una dotzena, una dotzena llarga d'assajadíssimes i rutinàries ganyotes i falses rialles.

El dolor a les articulacions no m'atura, el mal d'esquena no em turmenta. Hi convisc, ves quin remei. Trobo a faltar els que no hi són, però tampoc puc fer-hi res. Cada nit hi penso i els dedico les darreres respiracions abans del son. Em venen al cap les ferides invisibles i en comptes de llepar-les opto per embolcallar-les en un espès vel blanc. Inflo la caixa toràcica, empleno d'aire els pulmons fins al ventre. A punt d'explotar sostinc la inspiració. El futur ja no m'amoïna. Expiro lentament, bufant entre els llavis premuts. Soc feliç, conscientment feliç, és curiós. Sabia que em trobaria sol, tot sol davant meu, jutge, advocat, acusat i botxí, i he preparat aquest moment per afrontar-lo amb alegria. He fet sempre el que creia, el que pensava que calia. Soc així, soc tot el que he pogut ser, el millor que la vida i els meus errors m'han permès construir.

Effugit mortem, quisquis contempserit.

Escapa de la mort qui la menysprea.

ALEXANDRE MAGNE

II

Un tremolor, seguit d'una sèrie d'estridents baluerns que venen de lluny, m'empeny fora del llit, sobresaltat. És el primer cop que percebo moure's el terra així. El so agut d'alarmes que xiulen em ressona dins el cap. Corredisses, xiscles histèrics i plors de pànic retronen a l'escala, allunyant-se de mi replà a replà, cada cop més avall. Pel soroll de les passes sense ordre és un campi qui pugui desesperat. Allò que era un guirigall, en minuts passa a ser un lleu murmuri, a poc a poc un silenci de mal averany. Potser aquesta és la fi, tinc la sensació que la mort ha deixat la dalla recolzada rere la porta, i s'hi està amagada prenent el pom. Però no és com ho esperava. Els trons se succeeixen i la porta no s'obre. Espero amatent la seva arribada, no vull perdre'n cap detall. No menyspreo cap sensació, vull viure-ho tot fins al final. Res, no arriba. Tinc esperança que sigui ella, ja ho tinc tot fet, ja he viscut prou, no em fa cap respecte. El llum blanc en la foscor que ja he vist, aquella brillantor que vaig identificar amb la mort, potser no era altra cosa que la potent lluminària de la sala d'operacions. Potser això de la llum no era més que una llegenda que ha ajudat tot aquest temps a confondre el meu instint. No; sembla que no es tracta d'això, encara no s'acaba, i lleus trabucades continuen sonant ara a prop, adés més enllà.

Estic trasbalsat pel que pugui haver passat; no a mi, als altres. Premo el llum i no s'encén, el motor de la persiana tampoc va, no puc alçar-la. Ja no escolto reverberar el tragí dels veïns fugint cames ajudeu-me de les cases. A fora, al passeig, fa una llarga estona que els fanals han deixat de funcionar. Ni la petita escletxa de llum que travessa habitualment entre lamel·les il·lumina la meva habitació. Ni la més tènue claror de la lluna em protegeix. La foscor absoluta em manté atrapat damunt el matalàs. Em neguiteja pensar que ja no puc ajudar. No em vull protegir, no fugiré, no tinc por, perquè no temo l'altre barri més que aquest, però per més que m'hi esforço no puc descansar. Les alarmes m'irriten més que tot el que pugui pensar. M'arrauleixo, ben encongit cercant consol en l'escalfor del meu propi cos. Les idees em venen i se'n van fonedisses i s'allunyen cap a un espai on es confon present i passat, il·lusió i realitat. I així, surant en les nebuloses d'una galàxia inexplorada, reprenc un ritme constant, i comprimeixo i expandeixo el diafragma, compassat. Menyspreant l'esdevenidor em deixo captivar pel que pot ser el darrer viatge de desconnexió, potser l'última fugida onírica cap a un món il·limitat, que s'expandeix infinitament.

Un terrabastall enorme em desperta de sobte, m'alça d'un bot. M'aixeco espantat, aterrat, i descalç. L'ensurt m'estressa, em trasbalsa; se'm dispara el cor i això em fatiga. Tot l'edifici tremola, el so ronc d'una demolició colossal ha precedit el soroll de trencadís, l'esclat d'una explosió. Acte seguit una fragor fortíssima, contundent talment com si s'hagués ensorrat la façana completa després d'un cop de vent descomunal. La casa s'ensorra, la ciutat s'ensorra, el món s'ensorra. Però l'estridència que preveia rere la caiguda no es produeix, i aquell soroll que havia de ser violent ha quedat esmorteït, talment com si s'hagués precipitat damunt un coixí d'aire preparat per absorbir l'impacte. La por em posseeix, i ara sí penso a fugir, a córrer tant com puc. L'interruptor encara no respon, i a les palpentes travesso la cambra, ensopegant amb llibres que han caigut de la prestatgeria, desorientat topo amb la calaixera i a cegues busco la porta just al costat. No hi ha porta, el moble de calaixos s'ha desplaçat i ara es troba, no sé com, al bell mig de l'habitació. Cerco la paret, la que sigui, i amb els dits en resegueixo el traç. Tot llis, fins al primer angle recte. Continuo palpant, convençut que trobaré la porta, però la meva tíbia pica contra un objecte de cantell viu. Amb l'ensurt ensopego i caic de natges damunt uns vidres trencats. He de controlar el dolor, dolor agut, del que fa mal endins, m'he de centrar, m'he d'asserenar. No ha estat res, petits talls que couen i ben segur una nafra a la cama, d'aquelles que tant em costen de curar. Més insegur, amb molt de compte, continuo esporuguit a la cerca de la sortida arrossegant els peus, amb els braços estirats davant del cos, acovardit per la topada i pel que pugui amagar la negror. Noves rèpliques, xivarri de vidres que cauen, de murs que s'esfondren, l'estrèpit demolidor de talussos esbotzats. Topo de nou amb un obstacle, intueixo pel tacte que és una placa de guix del sostre fals. Al mateix moment cauen damunt meu petits fragments d'escaiola i grumolls de runa i formigó de l'encofrat. Segueixo a les fosques, perdut al meu dormitori, forçat a jugar tot sol a la gallineta cega. A la fi trobo la maneta, i em fa sentir cofoi haver-ho aconseguit, però l'accés ha quedat travat. Tibo fort, tant com puc, impossible esbatanar-la, però sí descloure-la un parell de pams.

Convençut d'haver fugit del laberint obscur, m'enfronto a les escales estretes que em duen fins la cuina i el menjador. Les encaro amb fermesa i tan de pressa com puc. Fa molt de temps que no temo quedar sense alè, però l'últim que vull és morir atrapat entre la runa. Em venen al cap, com llampecs juvenils, hores de telenotícies i reportatges, commovedores imatges de desastres, de cossos supervivents i mutilats, de cossos aixafats, d'heroïnes victorioses i rescatadors valents que s'enfronten al clima extrem i al temps fugit. Intimidat per la manca de llum inicio el descens cautelós i arrapat a la barana, el primer graó, el segon graó, el tercer graó... I mentrestant una tènue llum s'escola pel forat d'accés a l'escala, anunciant que s'apropa l'inici del dia. En trepitjar el sisè graó rellisco, però em sostinc arrapat al passamà i no caic. És moll, totalment moll. El tremolor deu haver malmès alguna canonada i la fuita ho ha esquitxat tot. Un graó més, i un altre. Mentre m'apropo a la boca de l'escala, a cada passa hi ha més claror. Deu ser la llum al final del túnel? Hauré aconseguit deslliurar-me d'aquest maleït malson? De sobte el baranatge és tan xop com el terra i la paret regalima. La fredor dels murs sentencia que el que percebo està passant; estic despert, molt despert, tan gelat que no puc estar dormint, tot és massa real.

Menyspreo la mort, però en fujo. El matí lentament s'està imposant i les pupil·les cada cop estan més adaptades, cada cop distingeixo més i millor. Primer els perímetres es dibuixen davant meu, i rere els contorns les ombres, deu ser qüestió de minuts i podré distingir els colors. Marxapeus i graons són plens d'humides restes llefiscoses i les mateixes molses pengen també dels balustres decoratius de la part interior de l'escalinata de fusta. A mesura que baixo, com més m'apropo al menjador, més possible veig sortir-me'n sa i estalvi, no serà aquesta la darrera batalla, no em desesperaré soterrat en vida, podré fugir i reunir-me amb tothom al carrer.

Una fortor intensa de salobre com si fos enmig de l'espigó en plena llevantada ho impregna tot. Olor de cova marinera on mai toca el sol, de la part baixa de la casa ferum de marisc, d'on ve aquesta sentor? Què deu haver caigut? No me'n sé avenir, la flaire em molesta i em remou encara més una panxa adolorida de tant neguit, de tanta tensió. M'oloro confús a mi mateix, no és meva la pudor, jo també canto però tufejo por. Tan forta és l'olor de fons marí que em mareja, o potser és la pressió, o el sucre, no ho sé... em roda el cap. Els braços no m'aguanten i les cames em fan figa, m'assec apressat i repenjo el cul sobre el quart o cinquè tauló, rellisco, i colpejant natges i llom a cada cantell llisco a empentes i rodolons.

Un llum brillant m'encega. És la lluentor d'un dia nevat d'hivern sota el sol. El paisatge no em resulta familiar, no hi veig cap arbre, cap planta, és un desert gèlid i inhabitable. Tot i això no hi soc sol, un grup quantiós, d'una quarantena de persones, m'hi acompanya. Entre elles hi és mon pare: encara viu, jove i fort. Davant nostre s'alça una muralla de gel que s'eleva gegantina sobre un arc perforat, talment com una escultura mastodòntica de cristall. L'absolut silenci i l'aire lleuger em fan sentir a gust, relaxat i tranquil com un marrec després d'un bany calentó d'escuma. Soc un nen i estic descobrint de la mà del pare el món que s'estén més enllà de la llar. La mare em crida —Vine, no t'encantis—, és la seva veu, ve de l'altra banda. M'hi atanso corrents, passadís blavós enllà —Ja vinc mama, espera'm—. A l'altre costat una gran planura blanca i res ni ningú. La veu fuig cel enllà, em sento confós i enganyat per la meva imaginació. El túnel es tanca, no hi ha marxa enrere, soc un esquitx per escalar la imponent fortalesa escarpada que he deixat a l'esquena amb el pare, i ara em trobo enmig del no res, tot sol, perdut. Segueixo un corriol dibuixat per solcs marcats del pas de trineus, convençut que ha d'arribar a algun lloc poblat. Un camí, cap a un lloc on trobar aixopluc i un plat calent. El zenit m'enlluerna, em cega, però aquest sol no escalfa, no energitza. A l'esquerra del sender un penya-segat em separa uns quinze, vint metres de l'oceà. Tinc tant de fred que sento gebrar l'alè, cristal·litzar lentament la poca humitat de l'ambient en els alvèols, mentre se m'encarcara el flexible i àgil esquelet d'infant. De lluny, galopant com un pura sang de competició, s'atansa cap a mi per envestir-me un senglar albí de la mida d'un rinoceront. M'enfilo com puc, clavant les puntes dels dits dels peus com si les ungles fossin grampons en la vertical de glaç, i grimpo amunt, lluny de l'abast de l'animal. Rere meu s'enfila saltant com gasela, escalant com isard el marrà salvatge de punyals groguencs i esmolats. Just a temps, una fracció escassa de segon, em despenjo d'un bot i trepitjo ferm a terra al límit de l'abisme. La bèstia m'empaita i a punt d'atrapar-me apareix lliscant des del cim una lloba magre de pèl negre i lluent, ulls humans i elefantins ullals nacrats. Esgrimint l'ivori força el porc a lluitar. No hi ha equilibri, la mida i la força és desproporcionada, el licantrop exposa la pell per salvar-me, Ròmul i Rem, gola del llop que foragita la fera. La bèstia de pelatge clar agafa empenta i s'arrauleix, impetuosa, per abatre la lloba d'un cop, però aquesta es rebel·la i queixala, potent, clavant dentegada en el llom de l'agressor. Tots dos animals es rebolquen damunt la neu compacta fins al límit que separa terra i oceà. Un empeny, l'altre tiba, una mossega, l'altre estripa, un descompensa i l'altre ensopega i així tots dos s'esvaeixen barranc enllà. De dalt estan busco en l'oceà la meva salvadora, heroïna feréstega disposada a lluitar en el meu nom. Per contra d'això la superfície líquida s'omple de sang. Em desespero, m'avergonyeixo de no ser prou valent per saltar daltabaix del fiord. Un remolí s'aixeca com un tornado i envermelleix tot el que veig. Totes aquelles tonalitats que els inuit saben distingir i descriure i que nosaltres simplement anomenem blanc, s'han tenyit de robí, de magenta, de roig i carmí. Estic desolat i avergonyit i sol, totalment sol. El fred se'm fica dins els ossos i començo a cavar per construir un iglú. Cavo amb les mans el gel ensangonat i com més m'enfonso, i més vermell és el glaç, més necessito foradar. Burxo la terra gèlida i perforo i sorprès per un rostre familiar m'afanyo i em dono al diable mentre se m'ensorra el món, és la tomba dels meus pares, i estan intactes, tal com vaig veure'ls el darrer cop. No pot ser, no pot ser, això no pot ser, algú em vol martiritzar. Els meus pares els vam incinerar, no poden ser ells, però no puc parar de cavar. Les empremtes dels dits es desfan i els sento congelar-se. Tremolo i busco qualsevol cosa per embolcallar-me, per cobrir-me, i brillants reflexos em retornen la vida, soc on era, estès al replà. No ha estat més que un somni, el pitjor dels malsons. Alleugerit esbufego, mai m'havia vist tan fotut, tan desemparat, i cofoi celebro que res d'això hagi estat realitat. No sé quanta estona he estat estabornit, he perdut tota noció del temps. El picar de dents, la pell de gallina i l'estremiment són ben certs, estic gelat i tinc l'esquena i el cul tan humits com les rajoles on he estat estirat.

Pujo cap a l'altell amb delit, potser no ha estat res, potser només m'ho he imaginat, i a dalt tinc roba i mantes amb què cobrir-me i escalfar el vell cos despullat. Tanta batzegada m'ha trinxat els ronyons, un filet de sang bruna regalima clatell avall, no ha estat res. Premo amb els dits la ferida, i gran part del trau ja ha esdevingut una dura crosta marró. Sort que ha rajat i no ha estat nyanyo. Prossegueixo remuntant, esperitat i tremolós, a buscar el pijama apelfat de cotó i polièster. Tan fred és l'aire i bufa tan fort. Prenc de dalt de l'armari una manta de franel·la amb quadres de llenyataire i l'embolcallo comprimint les espatlles, damunt els muscles. Així cobert i protegit, em sento renéixer, guarit de tot patiment.

III

Passada la nit, ve l'albada, una alba tètrica com el més lúgubre dels crepuscles. Davallo les escales, excitat per saber de primera mà el què ha passat. M'atanso allà on hauria de ser el finestral, m'aboco a l'abisme i observo espaordit les imatges borroses deformades pel sol i les llàgrimes, les meves pròpies llàgrimes. La mar tèrbola, què hi fa allí la mar?, sentencia que l'apocalipsi ha estat a prop, molt a prop, massa a prop. Damunt una bromera color de xocolata suren inerts tota mena d'objectes, records flotants de milers de vides, al costat de liliacis cossos inflats, irrecognoscibles rostres inexpressius.

Dantesc, però no espectacle, més aviat tortura colpidora de no tenir altra banda cap on mirar, altre aire per respirar. El tuf de mort i de sal ho omple tot, m'impedeix de tancar els ulls, escapar de la realitat. Sota els peus, més enllà d'on hauria de ser la barana del balcó, sobre l'anar i venir d'un remogut corrent que gronxa les ones, coronant una gegantina duna i distingint-se aquí i allà inconfusiblement, s'escampen fragments humans, rostres i extremitats, amuntegats entre una pila immensa de peixos immòbils d'escates apagades, que es confonen i capiculen en un revoltim de pèl deslluït de gossos, rates i gats colpejats fins a l'ofec. M'asfixio, em manca aire per respirar, tracto d'empassar un oxigen que sembla massa espès per englopar-lo. Aquí i allà, miri on miri em commouen parts indistingibles de persones

25

desconegudes, inidentificables infants que mai més es retrobaran amb les seves mares, sentiran a prop els pares... ni a ningú altre, a no ser que comparteixin espai i confonguin sucs i olors en aquesta amalgama macabra. Ningú vetlla les mortalles, ningú plora la seva absència. Des d'aquesta alçada ben bé sembla la fi dels temps, d'una era de personatges mitològics d'aparença animal i ànima humana.

Sobtadament una porció d'humanitat ha deixat d'existir, s'ha esfumat d'un cop engolida pel salobre, empesa com desferra sepultada per les runes de tot allò que havia de perdurar més enllà de les nostres vides. Han deixat d'existir multitud d'éssers únics, diferents i especials, que perdent la identitat es confonen entre si, una massa de cadàvers idèntics sense nom, sense personalitat.

Vull deixar de ser. Vull esfumar-me, desaparèixer, vull no ser, sobretot vull no patir, deportar el dolor, refugiar-me en el passat, amagar-me en el record. Per què? per què? per què? Xisclo al vent, foll, sense forces, sense resposta. Ningú no em respon, ningú no m'escolta. He perdut l'esma per alçar-me, per apartar la vista del que havia estat el carrer i ara és un braç de mar, d'un mar d'aigua densa, espessa, d'aquell mar que ha engolit tot el present, i molts futurs. Per què, per què? per què?

L'aire fred em colpeja sense treva, com ha fet tota la nit. Fins ara la por i l'angoixa no han fet del vent un patiment; però ara quan conec la magnitud del que ha passat, quan contemplo les restes d'edificis esfondrats, deixalles i ferralla... quan em pregunto un i altre cop què hi faig jo aquí... Per què soc viu? per què jo? la seva ràbia em supera.

La façana que em protegia s'ha esfondrat i resto al descobert entre els forjats despresos del morter, damunt una terrassa sense fi que descansa sobre un penya-segat de filferro i formigó. Només queden drets el puntal d'una de les cantonades, els murs laterals que suporten sobre si l'àtic i la teulada i l'ampit on recolzava el millor finestral de la casa. Mig suspès i inclinat sobre runes descarnades s'alça fràgil i immòbil el marc de la petita porta d'accés al balcó. Menjador i sala d'estar han estat espoliats impetuosament, les prestatgeries arrencades de soca-rel, el vell televisor, que feia anys que estava apagat, ha estat esclafat sense miraments, talment com si es tractés d'una intervenció de l'empresa de desallotjaments més eficaç i inhumana de tots els temps; la força sobrenatural de l'onada ho ha escombrat tot i no ha quedat res. Començo a entendre el que ha passat, un infern com el que veuen els meus ulls només pot ser producte d'una onada gegantina, d'un tsunami. Res, no ha quedat res, excepte el vell sofà d'una peça que emplenava ben bé mitja estança, que no sé com ni per què; ves, altre cop la pregunta, resta trabucat entre taulons i trossos de maons encimentats de les parets ensorrades. També miraculosament continua clavat a l'envà del fons el retrat de la Paula. Les voltes de l'escala han fornit l'estructura i han aguantat l'impacte de l'aigua. Si no fos per aquestes escales hauria estat arrossegat cruelment al buit per la força desfermada. Cruelment? Potser és més cruel restar viu en el regne dels morts, alçar-me en vida damunt un cementiri sense lloses, ni flors, ni làpides; mantenir-me dempeus sobre els flonjalls de la sala on passo més hores despert, avui una cambra desconeguda.

Ni el pensament més negatiu, ni l'ànima més lapidària pot trobar confort en aquest desori. Ara mateix no existeixo. He deixat d'existir. Ningú no em trobarà a faltar, ningú no pensarà en mi. Els meus amics, si es pot certificar, són tots morts o desapareguts engolits per l'escuma. Fa anys que no tinc pares, ni germans, ni dona... fa tant des que van marxar per sempre, i de fills no n'he tingut... I ara, bé, ja fa temps que és tard, massa tard. Només existim en els altres i els altres, aquelles persones que estimava, aquelles a qui conec, aquelles que em coneixen i amb qui em reconec tots són morts. Ara mateix estic sol en aquest món. Ningú no trobarà a faltar la meva presència, la meva existència, ningú. I malgrat que soc aquí i penso, no paro de pensar, soc incapaç de deixar de donar voltes a idees absurdes, d'interrogar-me per qüestions que no duen enlloc. Penso, però, per a què existeixo? Per què jo? Penso, aleshores existeixo; és cert, i què hi faig aquí? Potser és massa profund tot això i ara potser és més simple i existim perquè sí, sense saber-ne ben bé el perquè, potser no ens cal pensar per existir...

Vaig estar vetllant prop de quatre anys la meva dona, la Paula, estirada en un llit en estat vegetatiu. No somreia ni plorava, no movia ni un dit. No parlava ni responia cap impuls, una alimentació assistida... probablement cap pensament, o això deien els metges, i tot i això respirava, respirava. Sé del cert que existia, podia palpar-la, olorar-la, rentar-li les natges, guarir-li les nafres, escoltar el so confús de la seva respiració ofegada... el seu cos s'expressava canviant de color, inspirant més o menys profundament, o si més no jo així ho interpretava. Aleshores, existia? Quina és doncs la diferència, un cor que bategа? Les úlceres que supuren a tothora? Ens cal pensar per existir? Aleshores, existeixen encara tots aquells homes i dones aparentment sense vida que fa unes poques hores somniaven desperts, projectaven imaginables futurs i han desaparegut engolits pel passat? O són només matèria inanimada de forma humana que ha deixat d'existir? Potser doncs, el que ens fa ser és només l'esperança d'alçar-nos de nou altre cop i de tornar a tenir pensaments i emocions. O simplement és la consciència el que determina l'existència, simplement i malgrat tot ens cal pensar per saber que existim? No és evident que existeix una pedra, la terra o l'aire que ens sostenen? O bé existim, simplement, perquè els altres ho constaten, ens reconeixen... Existir existeixen, però tenen una existència plena? Què és una existència plena? De sobte, em desvetlla altre cop el dubte, el dubte sobre una veritat que tants cops s'ha passejat pel meu cap, que tantes vegades m'ha torturat. Em qüestiono, incrèdul, i nego amb fermesa la sentència de Descartes "*Je pense, donc je suis*", doncs la lògica imposa que aleshores si deixo de pensar deixo d'existir. I mai no ha estat així. Així doncs, quines condicions implica ser. La Paula existia quan jeia immòbil, muda i vegetativa damunt el llit? Existeixen els milers de morts que suren damunt l'aigua pastosa i em colpegen sense treva en la raó? No pensen, però són. Per què ells i no jo? Per què ells i no jo? Cal existir per pensar, però cal pensar per existir? I ara mateix voldria no pensar, no pensar, sobretot no sentir... potser el que voldria amb totes les forces és no existir, o més aviat que no existís res del que interpreto que està passant, del que defineixo com a real. I tanmateix, si cal existir per pensar com pot ser que hi hagi pensaments eterns, pensaments universals que desafien el temps i l'espai?

Arraulit pel fred acluco els ulls, paradoxalment no per dormir, sinó per despertar. Ben segur, em dic, no és més que un malson, un d'horrible, el més terrible dels malsons, més terrible que el que m'ha semblat viure fa tot just una estona. I m'ho repeteixo en veu alta, un i altre cop, rere la foscor de les parpelles abaixades, immers en el temible silenci de la calma que segueix la tempesta. Uneixo les mans una amb l'altra, amb força, com per realitzar una pregària, jo que mai he cregut en cap déu i ara suplico a no sé qui o què, ni com. Vull despertar al llit i que tot això no hagi passat, o vull no despertar, no despertar mai més, seguir dormint per sempre. Premo amb força els dits i els entrecreuo, respiro a través del petit orifici que es crea entre l'índex i l'únic artell del *digitus primus* de la dreta. Bufo i el baf m'escalfa les mans i les pipades d'aire calent i dens, viciat de ser xuclat un i altre cop, em reconforten tímidament. Retorno a la infantesa, a aquells dies gèlids en què després d'una caminada pel bosc al costat del meu pare ens aturàvem a escoltar els sons de la natura feréstega. Em premia la mà, i després de dir-me "estàs gelat", la situava entre els seus palmells, amb tanta cura com qui ha atrapat una papallona, i bufava lentament, com jo faig ara, el seu alè càlid.

Em mantinc encongit, estic esgotat i una única idea em tortura: per què? Per què? M'esforço a seguir respirant profundament i llarga, ara amagant el nas sota índex, cor i anular, prement ambdós polzes contra la barbeta, inspirant i expirant dins la comprimida cavitat. Però no me'n surto, compto mentalment, però no me'n surto. Tantes vegades com he usat aquest mètode per relaxar-me, i no me'n surto... per què jo? Què hi faig viu? Provo de ser racional, pensament positiu, orientat, funcional, i què... merda! Estic perdent els papers. No hi ha res de positiu, res de funcional, cap tasca cap a la qual orientar el pensament... i ploro i sangloto i altre cop obro els ulls. Estic despert, soc viu i allà baix ja no escolto el so de la maregassa, ja no ensumo la ferum agra de la mort, però res no ha canviat, tot segueix igual i estic despert, massa despert, malauradament viu. I em venen al cap les paraules del Fuster filòsof, del gran pensador: *"Morir-se massa jove és un error. Morir-se massa vell, també. En general, morir-se és sempre un error"*. Morir-se sempre és un error, mantenir-se viu quan tothom és mort segur que també. Torno a encongir-me i ploro i gemego i em recargolo sobre mi mateix damunt el sofà xop, amarat de mar, d'una mar que era joia prenyada de vida.

I entre llàgrimes i sanglots, entre brams i xiscles impulsius, que cerquen una veu humana per consol, m'alço moll i avanço cap al fons, fins les escales per tornar amunt, al petit altell on hi tinc el llit, el jaç on dormo. D'esma premo l'interruptor per encendre el llum, quan soc conscient que no hi ha corrent, perquè no hi ha balcó, i si l'oratge ho ha arrencat tot, m'ho ha pres tot menys la vida, també s'ha endut amb ell tot l'equip d'aerogeneradors que vam instal·lar els veïns del bloc. Si no hi ha llum, menys encara aigua. Tot i això, irracional, desitjós d'una dutxa calenta, ho provo infructuós col·locant el canell sota l'aixeta. Res, res de res. Despullo el cos de la roba humida i em gito, resignat, sobre la màrfega. Tremolo de fred i arronso els peus i encongeixo el cos i amago el cap sota la vànova. Busco refugi en la foscor, l'oblit en la son. Estic esgotat, enfonsat, no puc més, defalleixo.

La comunitat

Es hängt alles davon ab, wie wir die dinge
sehen, nicht wie sie wirklich sind.

Tot depèn de com veiem les coses
no de com són en realitat.

Carl Gustav Jung

IV

Ella, ajupida travessant entre matolls, ja comença a albirar el clot on s'amaga el vell molí enrunat. La natura s'ha menjat parets i teulada, i les voltes han quedat ocultes per heures i esbarzers. Els despreniments del congost han desviat el curs del riu i per on era el molí avui no passa ni mica d'aigua. Així doncs, aquella font que rajava a dojo en temps passat, avui no és més que una pedra cantelluda i un caneló que es manté humit perquè mai no hi toca el sol. Continua el descens, amb els genolls i l'esquena encorbada entre els arbustos, amatent a les ortigues, caminant damunt una catifa de fulles pútrides i pinassa. Creua com pot el torrent de rocs. Tot i ser una noia àgil, els seus peus són pesats com el seu cos i fan que destaqui més l'empenta i fortalesa que l'equilibri i la plàstica en aquells moviments calculats. El ritme del pas és constant i continuat, com si un instint primitiu la guiés per trobar el camí que el temps ha tancat. Més avall, seguint els còdols de la riera hi ha aquell meandre on la seva mare li havia explicat que de petita solia banyar-se alguns estius quan la pluja i el desgel ho permetien. Com aquell dia que va venir a passar l'estona amb un amic, tot i la molsa, tot i el verdet, avui tampoc no hi baixa ni gota. Segueix tota la corba tancada sota freixes de fulla gran, semblants, pràcticament idèntics als del bosc al costat del rierol a tocar de casa, on va sovint a buscar escorça per combatre l'artritis del

31

pare. Enfilant-se de pedra en pedra segueix l'itinerari que l'ha de dur, just després del barranquet, a l'estret corriol que s'enfila cap a la carena.

La mallerenga carbonera canta entretallada, pendent del xerric de la roba amb les branques que es trenquen, del fregadís del caminar sobre les fulles seques. El camí cap al pas de la Foradada ha desaparegut, enterrat sota un túmul de fang, granet i herbes altes. Fa anys que no hi passa ningú, des que després de morir el darrer pastor el maset on s'aixoplugava amb el ramat els hiverns es va desplomar, seguint l'esquerda que tallava el canó, barranc enllà fins la torrentera. Arribada a aquest punt les capçades s'obren davant seu i la claror del sol, garbellada entre els brots tendres que es despleguen, il·lumina pinzellades de terra. Llums i ombres juguen entre els fajos. Prossegueix saltant i trepant fins al pas on es creua a mà dreta el pedregar amb un salt d'aigua. Després, com per art de màgia, el curs del riu s'esvaeix, i altre cop, a pocs metres, retorna amb ell el brogit i la força d'una natura imponent que conforma i regenera. Brollant d'arreu, reprèn el curs i engoleix el camí, transformant-lo en un cul-de-sac, en un atzucac.

L'enllaç es descalça i prova sense fortuna de caminar per la llera. Hi ha massa corrent i massa ràpid, massa fondària per avançar amb èxit. Ensopega amb un roc que s'entregira i tentineja. Aconsegueix mantenir l'equilibri i evita la capbussada. S'eixuga els peus i es calça altre cop mitjons i botes. Observa al seu voltant, mirant d'orientar-se, d'obrir una nova via. No té altre remei que abandonar el canal i grimpar amunt per la paret menys dreta del congost. S'enganxa a una esquerda aprofitant unes arrels que despengen, ara el tronc d'una enfiladissa amunt, petja en un sortint, clava el peu en un graó d'argila, prem amb força els dits a una llosa; sembla que balli flexible trepitjant cap al cel. Un cop al cap de munt del barranc serpenteja cercant amb els palmells un suport on aferrar-se, llisca panxa a terra i repenja primer un genoll i després l'altre. El goig d'haver arribat, d'un ascens difícil, de la superació, l'omple de satisfacció. L'obaga ha quedat a baix, amb la fresca atrapada al canó. L'escalfor de l'esforç i la sortida del frescal ombrívol fa que ella senti una xafogor intensa, d'aquelles en les quals l'abric destorba i la suor fa que la roba s'arrapi, xopa, fins a fregar la pell. Reprèn el pas en un descens suau seguint el límit del sinuós barranc, fins a topar de ple amb una massa boscosa espessa, pràcticament impenetrable. S'endinsa com pot, protegint-se amb l'abric, entre bruc i argelagues, fent el possible per evitar les punxades de la ginesta, d'uns anys ençà permanentment florida. Ara, gairebé de quatre grapes, ara cul a terra, mentre s'esgarrinxa els braços amb les romegueres, i patint per les faves de l'endemà, no sap ben bé per quina herba provocades, es mou fregant els arbres, enganxada als troncs i avança lenta, lentament. S'orienta seguint la posició del sol, endavant, continuant el recorregut que traça la planura trencada. A l'esquerra un viarany estret i pronunciat, que sembla davallar cap el gorg de les Nàiades, trenca després d'un alzinar cap a una clariana erma. Salvat el desnivell, cal que remunti endarrere cap el pla i camini fins que vegi la mola mastodòntica que, com agulla indicadora, assenyala la comunitat de la Tossa d'Arcàdia.

Del camp, el primer camp de la tossa, comencen a despuntar els brots verds primerencs de cànem que tot just alcen un pam de terra. Després del primer sembrat, conreus de cebes i alls tendres, enciams, bledes, escaroles, els tronxos i els pètals desplegant-se de tendres gira-sols, les primeres flors de carabasses i carbassons, tot ben arrenglerat sobre un sòl fèrtil mantornat a cop d'arada tibada per mula. Les línies paral·leles dels solcs del llaurat dibuixen un paisatge extens trencat pels canals de rec. Unes immenses malles verticals, pantalles que s'alcen esteses clavades entre posts per caçar les boirines freqüents que suren en l'aire, contornegen les terres. Atrapaboires, en diuen. Les malles fetes d'un fil d'empalomar finíssim, sumades a la xarxa de pous, quatre primitives basses i els dipòsits pluvials on s'acumula la captació de les teulades de les cases, garanteixen l'abastiment d'aigua a tota la colònia. Després dels sembrats, un jardí preciós i paradisíac d'aromàtiques i remeieres, que perfumen l'ambient i conviden a la calma, anuncia que tan bon punt s'hagi remuntat la suau costera es començaran a albirar quadres, corrals i tancats i darrere d'aquests les primeres cases de l'aldea. La flaire potent del romaní, la menta i l'alfàbrega, el colorit de l'espígol, camamilla, poncelles i calèndula, la dolçor de la timoneda i el brunzir dels eixams d'abelles, embriaguen qualsevol que senti estima per la mare terra. El perfum a farigola vesteix l'aire de colors. El matí és esplèndid.

Sota el darrer dels tancats descansen un seguit d'estris que descriuen perfectament el grau d'imaginació i la tossuda voluntat d'autosuficiència per adaptar-se, amb nous ginys mecànics i recursos renovables, al món que han triat construir. Bicicletes reciclades han estat transformades en arades de tracció humana i aprofitant seient, cadena, plat i pinyó han fet desgranadores de panís. A tocar de les gàbies de conills que pengen del sostre, al punt més calent i solejat del corral, on descansen gallines i pollastres, es troba un armariet que, de ben segur, fa el servei d'incubadora. La noia deixa enrere la zona del bestiar i peta de ple en un trencall, des del qual albira a mà esquerra el toll de canyes i d'algues on acaba el procés de depuració de les aigües brutes de tota la vila. D'allà per una canal el rajolí davalla i avança com un rierol fins a la bassa dels sembrats.

Tal com supera el lleuger canvi de rasant, enfila el carrer Major, que estaria desert si no hagués estat per un grupet de vailets valents que, desafiant l'hora de més calor, immunes a la insolació, juguen a cuit i amagar. Empedrat amunt, la primera casa a la dreta és oberta de bat a bat. Un cop travessada la llinda, crida a veu plena:

—Hola, que hi ha algú?

Del pis de dalt escolta una tènue resposta que la convida a pujar. Les primeres escales són lloses de pedra tallades a mà, després del primer replà rajoles ceràmiques rogenques cobreixen el maó pla. Algunes ballen i les que han estat més transitades han perdut el color original. Els sòcols han estat envernissats i decorats amb sanefes geomètriques que recorden detalls florals. Les boterudes parets de càrrega del forat d'accés, paral·leles a la façana, han estat alçades a plom, pedra, arena i calç. Un blanc blavós impregna els murs tímidament il·luminats per reflexos de claror natural. Una adolescent despentinada i en calça curta surt a rebre la visitant. L'acull, li dona la benvinguda, la convida a passar, i li ofereix beure i menjar. Al seu costat hi ha un home d'uns quaranta, quaranta-cinc anys.

—Passa, passa, seu si us plau.

Un cop dins els saluda tots dos i exposa l'encàrrec que té encomanat.

—No seuré, tinc pressa, moltíssima pressa —diu ella. — Gràcies per la vostra hospitalitat. Estic molt cansada i tinc set i molta fam, així que agraeixo el que m'heu ofert, però no tinc temps per perdre. La nena i l'home desapareixen al fons, i en un instant la noieta torna volant.

—Té, pren el got, ara et duc un mos, és un segon. Un moment.

—Amb l'aigua i un tros de pa faig el fet. Hauria de parlar urgentment amb l'alcalde, on el puc trobar?

—No hi ha batlle a la comunitat. No en tenim —respon la veu trencada d'una dona que apareix pel passadís que hi ha més enllà del rebedor. A poc a poc es distingeix un rostre calcat al de l'home i una fesomia també similar, però més alta i espigada.

—Què vols? D'on vens? Per què tantes presses?

—Vinc dels Refugis d'Ostaleny, a dos dies a peu, he de parlar amb vosaltres. Hi ha hagut un cataclisme i necessitarem del suport de tothom. Porta'm davant qui calgui, tan aviat com puguis. Em dic Estel.

—Segueix-me, donarem l'avís. Roc, acompanya'ns, vine! Jo em dic Jana.

I totes dues davallen cap al carrer, tot seguit, just darrere, surt en Roc.

—Què passa Jana? Què és aquest enrenou?

—Ella, que diu que hi ha hagut un desastre i que ens necessiten. Es diu Estel. Estel, ell és mon germà Roc. Donarem l'alarma, pots anar tu a la torre a fer sonar la campana? Nosaltres anem cap a la plaça, al porxo de l'Aixopluc, ens trobem allà, entesos?

Totes dues es dirigeixen pels carrerons estrets i xafogosos, caldejats intensament pel zenit solar, ressecs i polsegosos, suant la pell, cap a la plaça.

—La Tossa d'Arcàdia va ser de les comunitats pioneres en el nou mil·lenni en establir-se de manera autònoma cercant una harmonia plena amb l'ecosistema, tot construint un model de gestió col·lectiva i cooperativa. La Tossa va començar a ser una realitat l'any 27 de la nova era. Som una comunitat autogestionada i igualitària, saps? Per això no tenim govern, ni batlle. Ens organitzem per mitjà d'un Consell Decisor i d'una Assemblea.

En aquest cas he demanat a en Roc que convoqui tot el veïnat. Vam decidir fa gairebé vint anys, fugint de les ciutats i de les zones rurals més urbanitzades, viure independentment, al marge de la resta de la societat i establir-nos en un espai aïllat que fes possible l'autoproveïment a la nostra gent. Els recursos en aquestes comunitats són escassos, ara bé són tan justos com suficients per a tothom, i d'aquesta manera volem ser totalment respectuosos amb la natura i tots els seus habitants —i prosseguí—. Malgrat que la vila va estar despoblada durant més de cent anys, com veuràs avui, una vida enèrgica i un tragí pausat però constant ha recuperat el dinamisme arcaic dels carrers. Totes les llars han estat rehabilitades i avui no queden parets per suportar nou abric. Les cases grans són compartides per diverses famílies, anomenades aquí unitats de convivència, ja que, tal com van viure els nostres avantpassats, el parentiu no és la clau del vincle entre la gent que resideix al poblat. La propietat també es comunitària i qualsevol modificació en allò que és de tothom, de tot allò que gaudim en comú, ha de comptar amb el suport d'una majoria dels habitants. Hem construït un nou poble aprenent dels errors del passat, superant l'avarícia i la cobdícia, exercint activament al marge, volgudament en un entorn aïllat, per protegir la terra i humanitzar la humanitat.

Mentre caminen, l'Estel observa les cases antigues restaurades emprant les tècniques tradicionals i materials de l'entorn, tal com es feia molt abans. Totes les façanes llueixen arrebossats de morter, endurit amb el temps, que protegeix amb una crosta l'edifici del vent i la humitat. Només queden al descobert els carreus de la part baixa de la paret del frontispici, i els ampits i llindes de balcons i finestrals. Les llambordes rústegues i desgastades del carrer evoquen el pas de carretes, tropes i material bèl·lic, de quan el carrer Major era camí ral. Al capdamunt del carrer, la plaça de la Vila, gran per un llogarret d'aquestes dimensions. Façanes de roca picada i els detalls del porxo de l'església, sostingut sobre pilars de pedra, donen compte de la prosperitat i persistència dels antics pobladors de la contrada. Res a veure amb els Refugis d'Ostaleny, com li fa notar la Jana, on els habitatges han estat construïts de nou, sobre les runes, amb fang, grava i palla seguint les tècniques més modernes de l'arquitectura verda.

—Coneixes els Refugis? —preguntà l'Estel.

—Hi vam estar fa molt de temps. Hi vivia la mare de la filla d'en Roc, la joveneta amb qui has parlat en arribar a casa.

—Potser la conec.

—No, segur que no. Va morir un any després que nasqués la nena i vivia sola, lluny del poble en una cabaneta a la muntanya.

Les campanes repiquen insistents i amb força, i dels forats oberts entre els arcs de mig punt de la torre romànica, que s'alça imponent damunt les teulades de pissarra grisa, despunta la figura enèrgica i corpulenta d'en Roc. La Jana guia l'Estel més enllà de la plaça, pel passatge a tocar de la paret de llevant del temple, on explica que l'església, antigament consagrada a la Mare de Déu dels Desemparats i avui a la Mare Terra de l'Horta, vam recuperar-la pedra a pedra, braç i braç i orgullosa de la gesta, rebla: —De les funcions originàries només ha recuperat la de punt de trobada, espai comunitari i centre social. Avui l'edifici acull la biblioteca comunitària, a més d'espai de jocs a l'hivern per a la quitxalla i la nostra casa d'hostes. Pots passar-hi la nit, veuràs com n'és de confortable.

A sol ponent un petit cementiri, amb menys d'una dotzena de làpides, fa palès simbòlicament, per tal que ningú no ho oblidi, que res ni ningú no és etern, i que per tant nosaltres tampoc podrem deslliurar-nos d'allò que ha estat inequívocament tants cops escrit: tot el que neix ha de morir. L'empedrat prossegueix després del nucli, estenent la calçada fins a Cal Conjur, que tal com explica la Jana, ha rebut el nom en honor a una vella llegenda que vinculava la casa amb encanteris, festes i aquelarres de les bruixes i bruixots més coneguts de la comarca. La casa noble és un baluard fortificat del qual destaca el pati en terrassa i la torre de llevant, origen de la major part d'històries del poble al voltant de la casa encantada. Els contraforts, la qualitat i el tall de la roca són dignes més que d'un castell d'un palau episcopal. En l'eixida, temps era temps, es va iniciar una borda per al jaç i el bestiar. La història és sonada, ja que explica que un pacte amb el diable va fer que se n'edifiqués primer la teulada. Sota les lloses del sostre, un sistema quadrangular de bigues mestres i puntals de roure han sostingut tota l'estructura, absent de murs de càrrega i de cap mena de façana lateral, inalterable durant centúries, així que encara que l'espai fou plantejat al seu origen com a borda el monument va esdevenir una màgica porxada immensa i, durant tots aquests segles, es creu que ha fet el paper d'espai de reunions i tertúlies, envelat de festejos, cobert on juga la mainada en dies de pluja i pels volts de la canícula, i hi ha tota mena de xafarderies que el situen com a lloc a recer on conspiraven, i conspiren, els protagonistes de cites secretes i idil·lis clandestins. Des que uns anys enrere es va repoblar la vila, si cal i fa bo, serveix també de parlament on ens reunim els pobladors d'aquesta i la seva contornada.

Quan arriben a l'Àgora, que és el nom amb què han rebatejat la borda que va acabar sent porxada, els primers vilatans ja seuen en el pedrís que envolta tota la planta coberta. El portal dovellat de migjorn de la casa gran de Cal Conjur s'obre de bat a bat, una berla de la porta de fusta a cada costat. De dins surt la punta d'un banc sense respatller, seguida d'un jove fornit que carrega en els braços el pes de l'escó primitiu, senzill, iguala-dor i igualitari. Tot seguit el jovent tragina tots els bancals on s'acomodarà l'Assemblea. Ordenadament, a poc a poc i amb la col·laboració de tothom l'Àgora pren forma i la concurrència ocupa seient.

La Jana, hospitalària, obre la cerimònia presentant l'Estel i demanant el consentiment dels assistents perquè exposi els motius pels que ha estat enviada a la Tossa d'Arcàdia des dels Refugis d'Ostaleny. El poble, en senyal de bona acollida, aprova, per aclamació, que parli. L'Estel es desplaça de la bancada on és asseguda cap a la part central de la porxada, la més propera al mas Conjur.

—Gràcies Jana, gràcies a tothom. Seré breu, és molt desa-gradable per a mi complir amb aquest encàrrec. Parlaré sense embuts, vinc com a enllaç dels Refugis per a portar-vos una molt mala notícia i demanar la vostra solidaritat. Hi ha hagut una onada gegantina, l'onada més gran que s'hagi vist mai, i ha devastat tot el litoral. Segons diuen, el tremolor s'ha iniciat en una plataforma, que fa de magatzem de gas, ubicada en alta mar en aigües algerianes, entre Menorca i Sardenya. El sisme, que han mesurat de 9,8 graus en l'escala de Richter, s'ha expandit ràpidament a través de la placa marina i ha sacsejat amb contundència l'àrea central de la península Itàlica. El terratrèmol ha devastat ciutats com Roma, ha estès la destrucció a Tívoli i ha afectat tota la regió de L'Aquila. Pel que sabem les rèpliques s'han estès per tots els Apenins. També s'han produït forts tremolors entre Niça i Gènova i a tota la costa catalana. La destrucció també ha arribat a la zona compresa entre les ciutats d'Orà i Alger. El sotrac ha activat alguns volcans de la franja *mediterrània-transasiàtica* que feia anys que dormien, o millor dit que mandrejaven. A hores d'ara no coneixem la dimensió dels efectes que ha tingut, ja que s'ha perdut tota comunicació amb l'extensa àrea afectada. El tsunami posterior ha fet desaparèixer literalment l'illa de Menorca i ha escombrat part de la de Sardenya. Segons les darreres informacions, avançava imparable cap a Mallorca i Còrsega, de manera que a hores d'ara de ben segur que ja podem lamentar-ne els estralls. Per la velocitat i la dimensió de l'onada, i per la impossibilitat de garantir l'evacuació en un temps prudencial, des de Protecció Civil havien ordenat el confinament a totes les poblacions costaneres. D'això que us explico en fa aproximadament un dia, una mica més potser, i des de llavors no tinc cap més informació. Quan vaig marxar s'havia perdut tot el contacte amb la costa. No hi ha llum, no hi ha connexió, ni funcionen els telèfons més antics, no hem trobat cap emissora de ràdio que emeti informació oficial. Suposem que l'onada ja deu haver arrasat totes les illes, i gairebé segur que tot el litoral euromediterrani. He vingut a demanar-vos que organitzeu una brigada d'ajuda.

Llavors, irrompent entre els xiuxiuejos que pertorbaven cada cop més el silenci, reprengué la paraula i adreçà a la vila la petició que li havien encarregat:

—Sabem que el que us demanem és arriscat, ja que preveiem que deu haver passat el pitjor amb les centrals nuclears, de manera que qui vulgui venir a ajudar posarà en risc la seva vida. No sabem què trobarem, ni si quedarà ningú viu. Des dels refugis ja ha sortit una expedició, i estem segurs que hauran fet el mateix des d'altres comunes, poblats i colònies. La Xarxa no s'ha reunit, la comunicació s'ha tallat, per això hem enviat enllaços arreu, tant als pobles connectats com a aquells pobles on heu decidit construir la vostra realitat i renunciar a estar globalment informats.

—Infoxicats en diem! In-fo-xi-cats!

—Silenci home, un respecte!

—Que respecti ella allò que hem decidit entre totes. És la nostra manera de viure, si la respecta bé, si no que foti el camp!

—Sempre el mateix, sempre igual.

—Calla, si us plau, deixa-ho estar. Ja està bé, sempre igual.

—Perdoneu, en cap cas pretenia jutjar-vos, menys encara ofendre ningú. He vingut per demanar-vos suport, sou lliures de seguir com si no sabéssiu res, com si res no hagués passat o de venir demà, si així ho decidiu, amb mi al punt d'enllaç.

—Espera un moment. Com a metgessa de la comuna voldria saber si tindrem suport de la clínica que vam mancomunar entre els poblats de la xarxa.

—Jo no en sé res, nosaltres no hi hem tingut cap contacte. Des dels Refugis hi hem enviat un enllaç per demanar suport mèdic i informar per tal que puguin estar a punt per a l'emergència que els ve —conclou, seca i brusca.

—Marxo, us deixo que en parleu, no vull interferir.

L'Estel surt del cercle girant-se enrere i vorejant-lo fins a retrobar el camí que l'ha de dur de dret cap el poble. Al seu darrere un noi s'alça del banc i segueix les seves passes carrer avall. Ella accelera el pas, està emprenyada, no té ganes de parlar amb ningú i menys encara de flirtejos. El noi s'apressa fins que l'atrapa a tocar de l'església. L'observa de fit a fit, apropant-se a la forastera, envaint-l'hi l'espai personal, i se situa tan a prop que pot copsar-ne l'olor. L'enllaç fa una passa al costat i es deslliura del corralet, guanyant distància en l'equidistància entre el jove i la paret.

—Hola, com ha anat el camí? Ens has trobat bé?

—Em pots deixar sola? No tinc ganes de parlar amb ningú.

—Explica'm, què més saps del que ens has dit?

—Ja t'he dit que no en tinc ganes.

—Si us plau... si no vols parlar d'això, explica'm alguna cosa dels Refugis.

—Deixa'm en pau, no tinc ganes de parlar. —Implora mentre fuig a l'altre costat, per seure al pedrís del cantó oposat de la plaça. Encongeix les cames i prem en una abraçada els genolls entre les mans. Ell la segueix i hi seu a prop, ben a prop, massa a prop.

—Fas molt bona olor, es nota que no ets de la Tossa. Per a mi és un regal poder parlar amb tu, no acostumen a visitar-nos forasters, necessito saber, que m'expliquis històries...

—Ves-te'n, ja t'he dit que no vull...

—Però per què em parles així?

—Calla, deixa'm estar. Mira paio, seré directa. Deixa'm de fotre la guitza! No vull saber res de cap home, no he vingut a buscar parella, ni cap història aquí, així que gira cua i torna per on has vingut, fot el camp!

—Ves a la merda imbècil, no vull res de tu ni de cap altra, no he estat mai amb cap dona, ni hi vull estar! —Crida, enutjat, l'individu fort i malgirbat, de rostre dur, pell torrada i cabell llarg i arrissat, que l'ha seguida fins a la plaça. Avergonyida i sorpresa, l'Estel acota el cap i les espatlles i gira el cos cap a un altre costat.

—M'has semblat una persona interessant, volia saber què passa més enllà, volia conèixer què fa el món. Fa molt de temps que no surto d'aquí i tu ets de mig camí entre la terra alliberada i la ciutat. M'agrada la roba que dus, sobretot els colors, i per la catipén deu ser d'algun material modern, en canvi fas una olor finíssima de detergent perfumat. No t'allunyis, no t'espantis... tinc un greu problema de visió, no veig pràcticament res, colors, taques i ombres, tot i que soc prou destre amb les mans i tinc molt fina l'oïda i el nas. —Feu un perllongat silenci—. Veig que tu també tens prejudicis, oi? No ets tan lliure com creies. Perquè soc home has pensat que et volia abordar. Perquè soc arcadià has pensat que estic endarrerit, que només em preocupava el teu cos de dona, ja que com tots els que vivim aquí només ens importa el que passa al poblat, creus que tota la resta se'ns en fot, se me'n fot, és cert, oi?

—Disculpa, em sap greu, tens raó, és veritat, me n'avergonyeixo. No volia ofendre't, com havia de saber que eres...

—Homosexual? Segueix amb els tòpics, si no m'agraden les dones he de ser gai, oi? No, doncs no! Ni m'agraden les dones, ni soc homosexual, és molt més simple que tot això, tampoc he renunciat al sexe, simplement no va amb mi. No et confonguis ara, no vull fer-te seguir pensant fins que l'encertis. No soc cap asceta, ni he jurat cap celibat, tampoc tinc cap motiu filosòfic, ni fisiològic per renunciar als plaers de la carn, ni em declaro abstinent sexual. No renuncio al plaer, ni a la felicitat. M'encanta la natura, estimo aquesta terra, els seus prats, soc un golafre i dormo tant com puc, m'agrada beure i fumar herba i tabac, però no m'he sentit mai atret sexualment per cap altre ésser humà. Per tant tot és molt més simple, soc i em reconec com a asexual; aquí tothom em respecta; no he sentit mai cap desig, ni cap necessitat de follar, no m'he sentit cridat per cap pit, ni cap cul, no he glatit per cap peu, ni cuixes, ni mans, per cap que no fos meu, vaja. L'olor de genitals em fa angúnia, em fa sentir brut. Em captiven les fragàncies netes, polides, i, això sí, naturals. I ara, si no et sap greu, podem deixar de jugar, fa més de cinc anys que no surto d'aquí, i m'agradaria saber com us va vivint entre les muntanyes i el camp. Vull que em diguis si és veritat tot el que expliquen de la terra erma i si heu aconseguit ser lliures sense viure aïllats. —I mentre diu tot això amb els palmells i els palpissos toca i acaricia el rostre de l'Estel, davalla les mans cap als muscles i espatlles, palpa llargament el contorn dels pits i continua el descens fins als malucs, on ella li atura les mans.

—Sort que m'has dit, el què m'has dit, si no pensaria que m'estàs grapejant... tens els dits molt llargs. Gràcies per dir que t'agrada la roba que duc, però és vella, em queda petita i és plena de forats. Respecte a l'olor que faig és del sabó de camamilla, abans no m'agradava gens, però amb el temps m'hi he anat acostumant. Bé, doncs, què més vols saber? De què vols que parlem?

—Vull que m'expliquis com viviu, com funcioneu. Em dic Buba, com suposes tinc arrels a l'Àfrica, ara sí que l'has encertada.

— Bé doncs, aniré a pams. Fa més de vint anys que la meva família i jo vam deixar la casa on vivíem, a mig camí entre els boscos i la ciutat, per anar amunt, a la cerca d'un espai on establir-nos, on la terra encara fos fèrtil i l'aigua servís per regar. Vam enfilar serra amunt i vam anar a viure primer a l'Alt Massís, en concret a Napiners, però no ens hi vam adaptar. Per a nosaltres la de Napiners era una comuna exageradament mística;

i no és que els pares tinguessin res en contra de l'espiritualitat, sinó que es van afartar de ritus i litúrgies, de tanta punyeta, que deia la mare. Quan tenia dotze anys va sorgir una vacant als Refugis, on ja hi vivia la tieta, i els meus pares no ho van dubtar ni un moment. Un habitacle familiar quedava lliure i la comuna requeria d'un enginyer i d'algú amb coneixements en infermeria. Sortosament, mon pare havia fet de zelador quan vivia a ciutat, i havia après molt durant els més de vuit anys que havia servit a l'hospital. S'apuntava a tots els cursos que podia i com que sempre havia estat molt observador en sabia força. Ma mare era una crac i quan van saber que una enginyera del seu prestigi volia anar a viure als Refugis ho van aprovar per unanimitat. Al principi la vida als Refugis no va ser fàcil, vam passar uns hiverns molt durs i les collites van ser nefastes, fins i tot vam arribar a enyorar Napiners. Però després ens hi vam adaptar, i el paper de ma mare va ser clau. El seu coneixement en geotèrmia i la seva tossuderia per climatitzar els camps va permetre que poguéssim obtenir collites, encara que més aviat minses, els mesos més durs de l'any. La feina del pare aquells dos anys va ser esgotadora, encara recordo els dos brots vírics i la soca de no sabem ben bé què que ens va assotar, tot plegat van morir més persones de les que hi han mort en tots aquests anys. Després ho vam aconseguir, con tu deies, viure en equilibri entre les muntanyes i el camp. Vam conjugar el treball de pagès, artesania, disseny i treball creatiu amb el que portaven les visites puntuals. El nostre poble és una vila autònoma que forma part a la vegada de la mancomunitat de municipis i de la xarxa de poblats, però suposo que això ja ho saps. De la mateixa manera, funcionem amb diners de curs corrent i legal i en paral·lel amb els imis*. Paguem i rebem calerons de la comarca i d'altres institucions i a la vegada intercanviem productes amb tota la xarxa. La nostra alcaldessa respon davant del poble amb els límits que li marquen les lleis i el pacte republicà.

—I això us permet viure com us havíeu proposat?

—Els primers anys d'ençà que vam arribar, sí. Venia molta gent de la ciutat a passar uns dies amb nosaltres i això ens

---

* Moneda d'intercanvi interlocal.

deixava diners per poder comerciar. Participàvem de diversos projectes de desenvolupament local, cobràvem moltes subvencions i això ens va permetre aixecar una escoleta nova i modernitzar l'ambulatori. I no oblidis que gràcies als nostres ingressos entre les poblacions de la mancomunitat vam poder aixecar la clínica de la xarxa que gestionem amb vosaltres. D'un temps ençà, però, tot ha canviat. La crisi del petroli; bé, el final del petroli, ens ha afectat molt més del que pensàvem; ja no rebem turistes i la voracitat del sector energètic ha fet de la terra erma un espai cada vegada més gran. El fet de formar part de la mancomunitat i d'obeir les lleis de la Federació ens fa vulnerables i la taca avança inexorable cap al poblat. Hem provat de crear una reserva, però hem fet tard, totes les terres del sud fins a ciutat són ja propietat de la companyia del gas. Si volem la llibertat només hi podem accedir comprant la terra al preu que imposa el mercat, i treballant amb les mans no podem competir en una subhasta amb l'especulació global. Així que ens resignem a defensar com podem allò que és nostre, a fer l'impossible per aturar la taca i a sobreviure. Hem acordat entre tots que ningú no està autoritzat a vendre la seva part, sense l'acord unànime de la comunitat. Mentrestant, resistim i iniciem noves dinàmiques d'autosuficiència local, cada cop vivim amb menys i ens sentim més lluny del poder urbà. Ara, després del tsunami, tenim por, estem aterrades, tenim molts números que davant el desconcert les gasistes, els poderosos i els seus aliats ho vulguin aprofitar per robar-nos la terra i fer-nos marxar.

Falar de democracia e silenciar o povo é uma farsa.
Falar de humanismo, e negar os homens é uma mentira.

Parlar de democràcia i silenciar el poble és una farsa.
Parlar d'humanisme i negar les persones és una mentida.

PAULO FREIRE

V

L es paraules de l'Estel han impactat a l'Àgora, en què els rols habituals s'han capgirat. Aquelles veus més potents, que són les habitualment més escoltades s'han enrogallat, les mirades s'enfonsen a terra, perdudes, esguardant les profunditats. Llàgrimes, paraules mudes i confusió, estat de xoc col·lectiu. La tímida Jana, que habitualment no intervé gaire, agafa forces de qui sap on, es frega els ulls i s'eixuga les llàgrimes, prova de controlar les seves emocions i, pausada, exposa a l'auditori la seva posició.

—M'afegeixo a la demanda que ens ha fet l'Estel. Jo mateixa m'ofereixo per participar a la brigada d'homes i dones disposats a donar un cop de mà. Ben segur que faran falta molts braços i mans, així que us demano solidaritat. Hem d'organitzar-nos, preparar el transport i recollir eines, roba i viandes per al camí. Tothom que tingui qualsevol cosa que ens pugui ajudar que la dugui aquest vespre al cobert de l'entrada.

—Fins ara sempre hem demanat nosaltres a la ciutat. Hem demanat que ens deixin viure en pau, a nosaltres i al món. Que deixin de matxucar la terra, que parin de fer carreteres, que aturin el *fracking* i que deixin de cavar túnels i d'aixecar línies elèctriques, que protegeixin els boscos baixos i que deixin que els rius visquin i baixi l'aigua fins a la mar. Ens han fet cas? ens han escoltat? Mai! Mai no ens han escoltat, mai no ens han fet cas. Hem hagut de recórrer una i altra vegada a l'autodefensa i al sabotatge i per aquest motiu ens han reprimit, perseguit i insultat.

—Sempre, però, hi ha hagut veus solidàries, veus dissidents, que, des de les ciutats, han estat al nostre costat. Només per elles penso que cal que hi anem, que els donem un cop de mà.

—Pel que em sembla no heu escoltat. Com estem dient fa anys, ja no hi som a temps, hem fet tard. Hem intentat ajudar i ajudar-nos tantes vegades. S'han rigut de nosaltres i, com diu la Marta, ens han perseguit i insultat. Se n'han enfotut sempre que fóssim una comunitat enxarxada que tenia per compromís arribar a ser plenament sobirana, utopia autàrquica en deien les legions d'intel·lectuals. Tothom entre nosaltres sabia que alguna cosa així acabaria passant... —s'atura i es cobreix els ulls amb l'anvers de les mans—. A la ciutat, com ja sabeu, hi viu un dels meus fills amb la meva ex, la meva mare i els meus germans... —l'home del seu costat l'abraça i li dona suport—. Ens hem de fer costat els uns als altres. Hi estic d'acord, però jo no puc venir, me'n sento incapaç no em veig preparat.... Caldrà que ens quedem aquí uns quants a cuidar les collites i el bestiar, a tenir cura dels nens, mantenir l'escola i el consultori. Dono suport a la decisió que prenguem però tinc por, molta por. Com sabeu la nostra filla és molt petita i l'Emiliana torna a estar prenyada. Així que compteu amb mi per fer el que calgui, tot el que calgui, però aquí.

—Bé, entenc els teus motius. Però cadascú tenim els nostres per quedar-nos. Com sabeu, jo estic en cerca i captura i sota cap concepte hi hauria tret el nas, ja que hi exposo la llibertat. Ara penso que davant una situació com aquesta no puc restar de braços plegats, així que compteu amb mi, abans que la meva llibertat hi ha el deure de socors.

—Tu no hauries de venir. Et busquen per ser membre d'una organització armada i per diversos sabotatges; la teva presència pot ser perillosa per a la resta. Estic disposat a morir però no a ser torturat i encara menys a arriscar la meva, de llibertat. Amb l'obsessió per la seguretat si ens aturen a la ciutat al teu costat, ja ho saps. Penso que hauries de quedar-te i no comprometre'ns.

—No siguis paranoic. No té per què passar res, estaran desbordats i diu l'enllaç que ha caigut del tot el corrent, així doncs no es poden comunicar. Necessitem el Carles, pot ser molt útil per les seves eines i la seva habilitat. Ja sabeu que sempre he estat molt crítica amb les seves pràctiques. Ara bé, per part meva i excepcionalment no hi veig cap problema. Si ens acompanya penso que tindrem més possibilitats i unes altres mans hàbils per ajudar.

—Però amb ell ens juguem el coll.

—Ens el juguem de tota manera, o no has sentit la noia dels Refugis? Ja ho sabeu que sempre he rebutjat qualsevol violència, però també sabeu que mai no he volgut jutjar la pràctica del sabotatge i l'autodefensa, crec que tot el que ha fet en Carles ho ha fet per les mateixes idees que ens mouen a nosaltres, i confio que, com ell va dir, mai no hagi fet mal a ningú; per això en el seu dia vaig estar d'acord a acollir-lo a casa nostra. Qui soc jo per jutjar-lo i més ara, després de tot això. Avui he de reconèixer que la seva veu ha estat l'única que s'han vist obligats a escoltar. Per tant, si vaig estar d'acord que visqui entre nosaltres és perquè estava segur que era el més just i perquè, evidentment, estava disposat a tractar-lo de la mateixa manera que a qualsevol de vosaltres. Si vol venir, que vingui, la seva experiència i el seu esperit de lluitador ens caldrà.

—Continuo sense veure-ho clar, ara bé si tots ho veieu així, i tot i pensar que és un disbarat, si creieu que puc ajudar hi podeu comptar. Com ens organitzem? Quan voleu sortir?

—Espera, espera, encara no hem parlat totes. Disbarat? Més que un disbarat és una animalada, ja ha mort prou gent. Jo penso que ens hauríem de quedar aquí i treballar de valent per poder rebre totes aquelles persones que puguin arribar. Què penseu que hi podem fer nosaltres allà? Si tot és com ha dit la dels Refugis no hi podem fer res, si tothom s'ha ofegat, si tot s'ha esfondrat és tard per actuar. On éreu els que parleu ara quan tot es va posar lleig a la ciutat? Quan es van fer les tancades de la vaga general? Què vau fer quan les elèctriques, després de la nacionalització, es van convertir en empreses públiques controlades per gerents que les dirigien de la mateixa manera que ho havien fet amb les de capital privat? Societats anònimes de caràcter públic en deien, em sembla recordar. I quan vam protestar i vam ser tractades d'escòria reaccionària, d'agents infiltrats? Amagades, ja havíeu fugit, a construir la vostra llibertat, i els altres que es fotin. Després de la desfeta de la darrera batalla, després de les hòsties i de la presó, jo també em vaig escapar. Del poble en runes en vam fer un paradís i mentrestant giràvem l'esquena als petits grups que combatien sota el lema "Ho volem tot! Terra, justícia i llibertat". Quan gent com el Carles, després de ser calumniats i repudiats, perseguits i maltractats, d'haver patit pallisses, cops, tortures i presó, van decidir que el camí de la no-violència havia acabat, nosaltres érem aquí tancats per no veure-les passar. ¿Potser algú de nosaltres es va bellugar quan vam saber com els pobladors de les terres que les elèctriques havien reclamat queien fulminats per epidèmies i malalties, després de sentir els relats de desplaçaments forçosos i com es va produir l'èxode de milers de refugiats del camp cap a la ciutat?

—Ep, si us plau, centrem el debat, altrament no anem enlloc. Hi estic d'acord, però ara no es tracta de discutir sobre el passat. Assumeixo la meva part de culpa, no vaig fer tot el que calia, però tampoc vaig restar de braços plegats. Per què no anem al gra abans que ens caigui la fosca? Jo proposo que alci el braç qui vulgui anar-hi, o millor dit qui vulgui que hi anem que alci el braç, ja que crec que tothom és lliure de marxar demà.

—Què hi hem de fer a la ciutat?

—Tens raó, gràcies, decidim doncs si hi donem suport com a comuna, si ens hi impliquem. Vots a favor!

—Què podem fer nosaltres?

—Un moment, i això que implica? Estic d'acord que qui vulgui anar-hi pot fer-ho, però vull demanar exactament el mateix dret per als que no hi volem anar. Així que votem primer si els del Tossal organitzem un grup de suport i després veiem si hi ha gent per anar-hi.

—Ara t'escolto, a mi m'agradaria saber amb qui més hi hem d'anar. Malgrat les diferències que hi tinc no em nego a anar-hi amb els pobladors dels Refugis, fins i tot de qualsevol dels poblats decreixentistes laics; ara bé, m'oposo radicalment a fer res al costat de colònies cristianes, espiritualistes o sectàries. Segur que aprofiten la desgràcia dels altres per menjar-nos el cap a nosaltres i als supervivents.

—Però això que dius com ho vols controlar? Quan arribem allà, fins i tot pel camí ens trobarem tothom que hi hagi volgut anar.

—Tant se val, jo amb ells no hi vull res. Són els profetes i els capellans els que han promès la vida eterna a la gent que estigui disposada a viure com un xai, i jo no en soc, de mesell.

—Això no és cert! No totes les religions són iguals, ni tan sols són iguals tots els cristians, ni tots els budistes, ni els espiritistes ni encara menys els seguidors de l'Islam...

—Ja hi som, el defensor de la fe.

—Deixa'm parlar, no? Ara diguem si Camilo Torres o si Malcom X eren xaiets. Jo també soc ateu com tu, i em cago en Déu tots el matins, però puc respectar les creences dels altres sempre que respectin les meves. D'acord amb tu: que no ens mengin la bola, però si el que volem és donar un cop de mà i salvar vides no podem anar amb manies. Així que jo hi vaig, qui més hi va?

—Tu ja ho saps que jo tampoc vull saber res de religions, però estic més a prop de qualsevol secta que dels colons alemanys o russos que viuen apartats en les seves urbanitzacions de luxe en els espais més privilegiats...

—No pateixis, si les coses són com les ha pintat l'enllaç dels Refugis, d'aquests de la costa no en quedarà cap. Se'ls haurà endut la mar, i els haurà arrabassat tots els luxes terrenals.

I una remor de fons va recórrer l'aire, esmorteint-se sota la porxada, transmutant incòmodament cap a un silenci molest, de vergonya. Després del silenci, a l'Àgora tothom parla alhora i la discussió està encesa.

—Ja n'hi ha prou! —va reprendre la Jana, recuperant el lideratge i fent un gest per recuperar el sentit de la reunió—. Malgrat que m'han semblat totalment desencertats i desagradables els darrers comentaris i d'una manca total d'humanitat, penso que ara no és el moment de rebatre'ls ni de discutir-los. La demanda que ens ha fet l'Estel en nom dels Refugis, la crida desesperada que podem intuir des dels pobles del mar, exigeix que actuem i que si ho fem, ho fem aviat. La diferència entre la vida i la mort pot ser simplement qüestió d'hores. Així que enllestim això el més ràpidament possible. Tractem, si us plau, d'afrontar-ho.

—D'acord, jo ja m'he ofert voluntari, qui més?

—Proposo, per anar al gra, que fem dos grups: un que organitzi la marxa i un altre que s'encarregui que tot funcioni al Tossal. Cal que es quedi gent per cuidar els horts i el bestiar, tots els mestres i almenys una de les doctores. Per la seva experiència en campaments de refugiats i en guerres proposo, si ella ho vol, que vingui amb nosaltres la doctora Tània, també crec que l'experiència d'en Carles pot ser-nos molt útil, així que tant de bo vulgui acompanyar-nos, no sabem què trobarem, bé caldrà algú que sàpiga bellugar-se en terreny empantanegat.

—Completament d'acord —va dir la Jana. —Així doncs, tothom que s'ofereixi per partir amb la brigada de rescat que vingui amb mi i amb tu mateix, oi, Davide? cap a la sala gran de cal Conjur. Què Tània, t'hi animes? Comptem amb tu? Qui pel que sigui vulgui quedar-se aquí que no es bellugui de l'Àgora; a més d'organitzar la vila mentre la resta som fora, aquesta nit hauríeu d'encarregar-vos de la intendència, així les que marxem tindrem més estona per acomiadar-nos de la família i descansar.

*In generale, gli uomini giudicano più con gli
occhi che con intelligenza, come tutti possono
vedere, ma pochi capiscono quello che vedono.*

En general, els homes jutgen més pels ulls
que per la intel·ligència, i és que tots poden
veure, però pocs comprenen el que veuen.

NICCOLÒ MACHIAVELLI

VI

Un grupet reduït travessa les portes de cal Conjur. Un altre grup resta en silenci a l'Àgora. La sala gran es veu molt gran, immensa. I molt buida. Només hi ha entrat, rere la Jana, en Carles, la Tània i en Davide. La Marta ha anat, de mala gana, a buscar l'Estel, que triga poca estona en afegir-se a la reunió de l'equip.

—Bé —diu— no hi ha gaire de què parlar. El camí serà llarg i complicat. El punt de trobada és al coll de la I Grega que hi ha a mig dia dels Refugis, just abans de la terra erma. En aquell coll hi ha una petita cova amagada i allí estarà esperant-nos amb instruccions i provisions el nostre correu. Cal que arrepleguem menjar i roba i alguna vànova per cobrir-nos. També estaria bé, si en teniu, poder disposar d'algun plàstic, no sé si haurem de dormir al ras.

—No pateixis per això, conec bé els camins —digué en Carles. Penso que podem fer-ho sense problemes en un dia de marxa i, si no fos així, sé d'un lloc on ens poden oferir un jaç. El que no sé és com ens les manegarem, ni si serem de gaire ajut nosaltres cinc sols.

—Per això no pateixis, és cert que som poques persones, però cinc d'aquí i cinc d'allà...

De sobte, per sorpresa de la resta, s'afegiren a la reunió en Pol, company de la Jana, l'estranya parella formada per l'Eileen i en Moha i en Roc i la seva filla.

51

—Hem estat parlant aquí fora —digué en Roc— i no podem deixar-vos sols. Si et passa res, Jana, no m'ho perdonaria, per alguna cosa ets ma germana.

—El mateix li he dit jo a mon pare —feu la Mariona—. Si tu hi vas, jo també vinc.

—Teníem dubtes, i por. Més por que dubtes. Però com no hem de venir? Què hauria estat de nosaltres en un món sense solidaritat?

—Bé, doncs distribuïm les tasques, enllestim al més aviat possible i a descansar. —Organitzà la Jana.

Silenciós com un gat, s'afegeix a la trobada en Buba. En una mà du un bullit d'herbes dins una olla de fang, en l'altra una mena de test ple de figues seques i un bocí de pa.

—Penso que puc ajudar-vos.

—Tu? Què hi fots aquí? No voldràs pas venir, si no hi veus més enllà d'un pam del nas. —Esclatà en Davide.

—Qui d'aquí és més fort que jo? Qui de vosaltres és capaç d'escoltar el rossec d'un conill dins el cau? Com ho fareu per buscar gent sota les runes, penseu remoure-ho tot? Penso que per a una gesta així la meva oïda pot ser cabdal. Per acabar, bé sabeu que no seré cap càrrega, que m'espavilo tot sol. Així que vosaltres mateixos. El cas és que vinc amb vosaltres o hi vaig tot sol, no penso quedar-me aquí de braços plegats. Deixo figues i pa per endur-nos, és tot el que tenia i ho podem traginar. Algú vol una infusió?

—Per mi que no se'n parli més, hi estic d'acord —sentencià en Carles—. Si hi esteu d'acord proposo que prenguem a trenc d'alba l'antiga ruta de la Traüna.

—Què vols dir que no se'n parli més? —insistí en Davide—. Jo no ho veig. Bé, és en "Grapes" qui no hi veu. Penso que no és encertat dur-lo amb nosaltres. Prou complicat serà fer el camí els que som, una colla d'arreplegats, com per afegir un cec al grup.

—Ei tu, que no soc cec, ni invident, que soc discapacitat visual, i a les fosques em bellugo millor que tu, molt millor que tu, així que estic segur que puc ajudar. No vull ser cap nosa, de manera que vosaltres al vostre ritme i jo ja us seguiré al meu pas, de fet pensava sortir en acabar de sopar, a veure qui hi arriba abans.

—Prou! —exigí en Carles— si voleu, en Buba i jo sortim ara mateix i ens trobem tots a la cabana que deia l'Estel. La seva força, el seu nas i la seva orella ens poden ajudar. Prefereixo que vingui amb nosaltres que anar-hi sense ell.

—Millor que hi anem plegats, digué l'Eileen. No sé com s'ho fa, però he vist en Grapes pel bosc i arria com un esperitat.

Donaren per conclosa la trobada de la comissió i marxaren cap a casa, cada ovella al seu corral, a passar la nit prop dels seus, a acomiadar-se i a prendre forces per a l'endemà i la llarga marxa que els esperava.

En Carles, sol a la seva cambra, no podia dormir. Girava sense parar, com un foll, damunt del llit. Però no eren els seus ossos els que giraven més ràpidament, era el seu cap el que, com una baldufa, no podia deixar de donar voltes aquella nit. Li vingueren al record els temps difícils de la clandestinitat, amb nostàlgia i aspror desgranava episodis, ventures i desventures del passat. Amb dolor, com tants altres cops, recordava les derrotes i traïcions viscudes i mirava d'entendre què és el que havia passat. Com havien pogut arribar fins aquí? Com s'havien rendit sense pràcticament lluitar? Com s'havien conformat amb tan poc... amb el no-res, a canvi de què?

Tornaria a retrobar-se amb el món que hi ha més enllà de la terra erma, amb un món on tothom va a la seva, i on qui no ho fa és titllat de destructiu, d'antisistema. Per arribar-hi havia de tornar a creuar la plana d'esquist on la petroliera esquerdava, espremia i gratava la terra, sense responsabilitat ni pietat, per extreure'n el gas. Havia estudiat pam a pam aquella plana, cada mil·límetre, totes les febleses. Havien d'aturar-ho com fos. Si ho haguessin vist abans, els boscos i el petit estany que brolla a la plana encara serien allà, i els rierols i les valls dels seus vessants seguirien plens de vida. Ell ho havia intentat, tants cops com va poder fins que el van enxampar. Però la gent de les valls no ho volia veure. La central era feina i diners, i això volia dir cotxe i vacances. S'ho podien permetre i mentrestant, sense adonar-se'n o sense voler-se'n adonar, destruïen un sistema imprescindible per a la vida. Maltractaven l'ecosistema, contaminaven l'aigua, es llançaven rocs damunt la teulada, la nostra teulada. El primer cop, amb un parell de companys, van posar sorra als motors d'aquelles màquines, però els de la central ho van solucionar ben aviat. Tothom els va fer costat, fins i tot alguns sindicalistes de la corporació. L'acció havia aturat la perforació unes hores, però no era suficient, calia aturar-la com fos. L'endemà van continuar les manifestacions i els talls de carretera, però els treballs de tala i drenatge continuaven també, com si res. Van seguir les protestes i les petites accions fins que el govern, desbordat, va denegar l'autorització a l'empresa. Hem guanyat! deien, mentre ho cele-braven omplint els gots. Els tribunals van fer costat a l'empresa i el govern als tribunals, i la ressaca de la festa no els va permetre ni reaccionar. Les cartes estaven marcades i tothom va ser-ne conscient. La partida començava de nou: noves cartes, nova mà. La companyia va millorar les indemnitzacions als afectats, els alcaldes i la majoria de partits van acatar la sentència, uns articles a la premsa anunciaven petites modificacions en el projecte per tal de garantir la sostenibilitat de l'explotació i la salubritat de les aigües. Alhora que es publicava a tota pàgina un centenar nou d'ofertes de treball, sindicats i empresa rubricaven un conveni renegociat de relacions laborals, increment de salaris i de dies de vacances. La majoria va acollir de bon grat la nova situació o va resignar-s'hi. Els més espavilats van vendre i marxar, deixant enrere el futur de merda que sabien que podien esperar. Uns quants van decidir lluitar, lluitar per viure i per quedar-se. I les van passar magres, però havien de fer-ho. Si haguessin estat més, la terra erma encara seria terra de vida, encara s'hauria salvat. Des de llavors s'havia distanciat del món, no en volia saber res. No només l'havien abandonat a ell i a la resta que com ell van lluitar fins al final, fins que va quedar la darrera pastura, el darrer prat, el darrer arbre, fins que aquella terra esdevingué un desert contaminat i aspre. Es mereixien que algú anés a prestar-los auxili? Ell havia de socórrer, arriscant la vida, qui s'havia posat la soga al coll? No, probablement no s'ho mereixien, es deia un i altre cop a l'interior del cap, però havia de fer-ho, eren persones com ell, i no podia quedar-se de braços plegats.

A trenc d'alba, tota la Tossa s'ha concentrat novament a l'Àgora. El pedrís és ple de viandes, roba i beures, tan ple que el petit comitè de rescat no ho podrà carregar pas tot. L'Emiliana i en Pau duen el seu ruc, un ruc jove i fort, carregat amb cordes i tota mena d'eines, un animal esplèndid i capaç de traginar sense esllomar-se.

—Jo vindré amb vosaltres el primer tram —digué en Pau—. Després tornarem enrere jo i ase.

—Gràcies, no saps com t'ho agraïm —digué en Moha.

Abraçades, petons, promeses i llàgrimes. El poble sencer avança en processó acomiadant el veïnat valent. Carrer Major enllà, més enllà del límit entre camps i bosc, més enllà de l'escalfor de les clarianes properes, més enllà de l'abric de la terra confortable que envolta Arcàdia, el grup trenca cap a la vessant oest del muntijol. En aquell punt dels afores un assut de còdols i argila compactada condueix part de l'aigua cap al bagant que la reparteix entre els canalons i les hortes de la plana amagada. Just allà prengueren l'encreuament cap al cim que corona la vila, tramuntant els pocs metres que salven el desnivell fins les restes de l'antiga torre del Talaier. D'allà estant la colla feu, alçant braços i mans, el darrer adeu a la seva gent.

Nicht verzweifeln, auch darüber nicht, daß du nicht verzweifelst.
Wenn schon alles zu Ende scheint, kommen doch noch
neue Kräfte angerückt, das bedeutet eben, daß du lebst.

No desesperis, ni tan sols pel fet que no
desesperes. Quan tot sembla acabat, sorgeixen
noves forces. Això significa que vius.

FRANZ KAFKA

VII

—Allà hi viu el meu pare, per això no he dubtat ni un instant
a voler-hi anar, fa vint anys almenys que no m'hi parlo, però
és mon pare i m'agradaria poder parlar-hi, poder entendre per
què va fer tot allò —confessà a l'Estel la Jana.

—Vint anys és molt de temps, deus tenir les teves raons.

—I tant si les tenim —intervingué en Roc—. Però són les
nostres raons.

El grup seguí la marxa més enllà del barranc que han d'esqui-
var, com a alternativa al desaparegut pas de la Foradada. Entre
matolls, esquiven ortigues i esbarzers, i avancen en filera per
corriols pràcticament invisibles, envoltats d'alzines i mates de
bruc denses talment com una jungla. Els cossos, aixoplugats sota
un cel espessíssim de branques, heures i fulles, es bellugaren
entre els feréstecs paratges sense pronunciar un únic mot, massa
capficats en pensaments individuals com per badar boca. El pas
del grup, que ha abandonat la pròpia ombra en endinsar-se a
l'obaga, és frenètic i àgil, tal com si els pensaments de cadascú
guiessin el conjunt cap al destí acordat.

En Pol, prement la Jana pel braç, esclata, trencant el silenci.

—Jana, amor, no puc més i ho saps. Fa molt de temps que
estem junts i és el primer cop que t'escolto parlar així de ton
pare. Tant tu com en Roc sempre m'heu fet callar quan ha sortit
el seu nom, quan he volgut saber...

—Aquest no és moment —digué en Roc, mentre deslliurava d'una estrebada la seva germana.

—No és una qüestió de moments Roc. És una qüestió de confiances i de secrets que ja ha durat massa. Simplement, el pare va fer coses molt lletges, però nosaltres també, i amb el temps he après que un error no s'arregla cometent-ne un de més gros. Fa molt que espero el moment de retrobar-m'hi, però mai l'he buscat. Potser ara ha arribat l'hora —va sincerar-se la Jana.

La resta continuà avançant amb pas ferm, mentre la Jana i en Pol, en Roc i la seva filla Mariona, alentint el pas, es despenjaven.

Al davant, obrint camí l'Estel, sense afluixar el ritme procurà distendir l'ambient explicant unes intimitats intranscendents, anecdòtiques.

—Quan era petita m'encantava el bosc; bé, encara ara m'encanta. El que més m'agrada és aquesta olor de fulla seca xopa, d'herba, de fong, de molsa, aquesta humitat que ens envolta i que es respira. Sabia que quan aquesta fragància m'atrapava mai no estava sola, sempre hi havia els pares a prop. Si res no m'espantava només havia de fer un xiscle o començar a plorar, i, immediatament, em trobava acompanyada i protegida. Des de llavors al bosc sempre m'hi he sentit tan segura com a casa. Des de llavors aquest és el meu perfum preferit, una olor que em reconforta, m'abraça, em bressola i m'acotxa.

—És tan diferent l'olor d'aquesta terra de la d'on van néixer els meus avantpassats, però també m'agrada. La del lloc d'on vinc és més dolça, càlida i complexa. Ara, aquesta és totalment plena de vida, i això és el que més m'omple.

—No hauria definit mai l'olor de l'Àfrica com a dolça. Càlida i complexa d'acord, però dolça... Sempre que hi estat per un motiu o altre l'olor d'aigua podrida i de mort es barreja amb la fortor de les espècies i de la terra reescalfada pel sol. Em va costar acostumar-m'hi; Buba, t'ho confesso, i sobretot em va costar entendre que el ferum de mort era la raó de la meva feina. Ho tinc pendent, no hi he estat mai per simple plaer. Sempre que he visitat la teva terra ho he fet per atendre, en campaments de refugiats, víctimes desplaçades per la guerra —es va sincerar la doctora Tània.

Abans que la colla tornés a cloure's en la tristesa, en Buba va prosseguir:

—A l'Àfrica diem allò que la malaltia i els desastres van i venen com la pluja, però la salut és com el sol que il·lumina tot el poble. No sé fins a quin punt crec en això que deia el meu avi quan algú a casa estava fotut, però aquesta frase ens ajudava a tenir força i esperança i, sobretot, a veure les coses amb un somriure. L'altra que deia, massa sovint, tan sovint que hi vaig perdre la fe, era aquella que després de la sequera venen les pluges. Les pluges no venen mai i quan ho fan sempre ho han fet massa tard. Ara bé, no l'hi donem més voltes, ni al que ens ha explicat l'Estel, ni als mals perpetus de l'Àfrica, que millor hauríem d'anomenar etern saqueig de la gent i les terres de l'Àfrica, que quan era nen protagonitzaven lladres i assassins amb rostre blanc en nom de la superioritat d'occident i avui perpetren colonitzadors d'un orient que segueix amb la mateixa dinàmica. Deixem-ho córrer.

—Ei! —irrompé la Tània— Jo soc perquè nosaltres som, aquesta era la frase que millor entenia de l'Àfrica. Aquesta és la frase que millor defineix la forma d'entendre i percebre el món i que més s'apropa al que jo entenc per la vida.

—Jo soc aquí perquè nosaltres som aquí, totalment d'acord —afegí en Carles—. Estic aquí per vosaltres, i potser vosaltres també hi sou pels altres, el que dubto és que aquest sigui un sentiment general, una pràctica comuna. Merda, i ara plou. El que faltava.

Les primeres gotes es filtraven fines i fresques, tan menudes com la boira, entre les fulles dels arbres. El sotabosc s'enfosquí de cop, i el color del cel que s'endevinava a través de les irrisòries clarianes va prendre el to gris, brillant i lluminós que presagia tempesta. En deixar la màquia van prendre un corriol descobert que avançava cingle enllà. El terra deixà de ser una catifa encoixinada i caduca de tons ocres i marronosos, que esmorteïa el caminar, per esdevenir una lliscosa superfície fangosa. El calçat s'enganxava a cada passa, les botes carregaven arena i pesaven cada cop més. El xàfec es feu més i més intens i més pesat, les gotes cada cop més grosses. Entre la cortina d'aigua, la roba xopa i les soles de les sabates enfarinades de sorra pastosa, la marxa s'anà tornant cada cop més feixuga. El silenci ofegat en el pastar esgotador de peus descompassats i maldestres i en el so eixordador d'un ploure a bots i barrals, acompanyat d'impressionants trons i esfereïdors llamps anà prenent presència, va esdevenir cada cop més incòmode i carregós.

—Jo comptava a arribar al punt de trobada abans de la nit —digué l'Estel alçant la veu el necessari perquè tothom l'escoltés—. Però així no podrà ser. Tornem al bosc, conec un refugi just a uns vint minuts d'aquí.

I resseguint un petit trencall a mà dreta seguiren la marxa. La família de l'Arcàdia formada per la Jana, en Pol, en Roc i la Mariona, que havia quedat despenjada amb el seu secret, s'apressà i recuperà la resta per endinsar-se, sense perdre petja, en el forest. A poc a poc, mentre la pluja quedava esmorteïda pel fullam i el fang s'anava desprenent dels peus, el camí s'anà fent més confortable. Passat el temps promès, l'Estel s'ajupí de quatre grapes per resseguir entre la brolla un diminut viarany de boletaire. L'ase s'aturà en sec, havia aguantat prou, però allò ja era massa.

—Seguiu! Ara us atrapo —digué en Pau, mentre intentava improvisar un cobert amb quatre branques i construir un efímer jaç. Segueixo recte? —l'Estel assentí amb el cap.

Després d'una estona acotxats sota els matolls arribaren a una obertura coronada amb un empedrat de moles de granet arrodonides i gegantines. Entre dues d'aquelles roques mastodòntiques la natura capriciosa havia creat un passadís que conduïa a una caverna de sostre baix però suficientment àmplia com per encabir-hi tota la brigada de rescat. Apinyant els cossos van repartir-se l'espai deixant lliure, a tocar d'una esquerda, una rotllana imperfecta que contenia restes de cendra i carbó i sortosament quatre troncs que permetrien fer una foguera. Després de fer foc, van deixar els abrics molls a un costat, tan estesos com permetia l'espai. En Pau arribà just quan tothom ja estava acomboiat a la cova.

—Bé, ja hi som tots. És possible que ja estiguin esperant-nos al punt de trobada. Potser hi hauria d'anar.

—Estel, tota sola no pots anar-hi. El terra està enfangat i rellisca molt, serà perillós. Per qualsevol relliscada pots acabar barranc avall. Conec bé el camí, jo t'hi acompanyo —proposà en Carles.

—No pot ser, si marxeu tots dos la resta no sabrem com arribar. Cap més no hem trepitjat i encara menys creuat la terra erma. Jo he viscut també als Refugis i conec força gent allà. Bé, segur que a mi em coneixen perquè el temps que hi vaig ser era l'única metgessa. Així que estic disposada a avançar-me fins al punt de trobada, encara que sigui amb tu, Carles. I, Estel, suposo que tu bé podràs fer-te càrrec de guiar la resta del grup. Després de la pallissa d'ahir deus necessitar descansar —s'oferí la Tània.

—D'acord! Mentre fem un mos, omplim les cantimplores en aquesta gotera, que ens caldrà tanta aigua com sigui possible.

A la vegada que rossegava amb delit, en Carles repassà el contingut de la seva motxilla.

Tothom estava afamat, però calia racionar els queviures. En Moha prengué un ganivet i es disposà a dividir el pa, a l'hora que l'Eileen repartia en turonets panses i fruits secs. En ordre, però sense dibuixar cap filera, van anar prenent allò que els pertocava.

—Mengeu la quantitat justa i guardeu-ne tant com pugueu, mai no se sap —demanà la Tània mentre endrapava un bocí de pa acompanyat de quatre ametlles torrades—. Moha, en Carles i jo hauríem d'endur-nos la resta, així que si no et sap greu i ja que has començat, pots fer-te càrrec de distribuir el que manca? Carles, abans de continuar seria aconsellable que descanséssim un parell d'hores, a veure si, a més, amb sort, afluixa la tempesta.

Mentre tothom dormia, la Tània i en Carles reprengueren el camí. La pluja, malauradament, seguia tan intensa com abans. A més de no afluixar, ara bufava vent de llevant amb força. Ben callat, en Carles guiava i la Tània es deixava conduir, silenciosa. Amb aquell ritme vertiginosament intens serien a la terra erma abans de trenc d'alba. Tot i saber que no calia ser-hi tan aviat el noi no podia anar més a poc a poc perquè, sense voler-ho, fugia d'allò que pogués dir-li la Tània.

—Eps, prendrem mal! Com has dit a l'Estel, és perillós, i no tinc ganes de caure barranc avall ni de veure't caure-hi —en Carles respongué girant-se i gesticulà, amb un esguard llampec directe als ulls de la Tània, per tornar immediatament a girar-se—. Jo tampoc tinc cap necessitat de parlar, així que pots reduir la marxa sense por, que no et diré res. Tu i jo no ens caiem bé, tu ho saps i jo ho sé —prosseguí la metgessa—. Però ara ens necessitem i ens necessiten. Així que, per part meva, procuraré oblidar-ho tot una estona, encara que no pugui passar pàgina.

Reduïren el ritme i prosseguiren cresta enllà amb els pensaments closos sota caputxa i abric. Barrancs, pujols i llevantada, xipollejant pel fang, molt de fang d'arena fina que s'adheria com una crosta gruixuda a les sabates. Passa a passa anaven avançant cap aquell espai que havia estat fèrtil i ara era una gegantina cicatriu sense vida, un no-res enmig de la que havia estat una de les millors terres i de les pastures més fermes de la comarca. Un no-res com tants d'altres no-res que componen un mosaic d'on ja s'ha extret tot el suc, retallat per rectes i giragonses recargolades d'asfalt, talment com un trencadís de clapes mortes envoltades d'aurèoles agonitzants on lluita per imposar-se el batec verd de la vida.

Amb el ritme àgil que havien emprès arribarien al puig molt abans d'alçar-se el dia, pel que fora bo fer una breu aturada. Amb una de les capelines i quatre fustes, en Carles improvisà un petit abric sota un arboç. Esquena contra esquena, amb el tronc al mig, segueren damunt els plàstics que duien per cobrir l'equipatge. Lentament començà a clarejar i amb el nou dia s'aturà la pluja. Recolliren l'escampall, recompongueren les bosses i prosseguiren el trajecte.

En culminar el turó, des d'on s'albira la terra erma i les valls dels seus dos vessants estesos en passament a cantó i cantó de les aigües metzinoses, es fitaren una i altre; ella profundament compungida, ell amargament colèric i, com si foren davant un espill en el qual es mostra el dol davant la pròpia mort, com si de sobte els haguessin arrencat quelcom tan important com la vida, alhora i encarats doblegaren les cames en la terra pastosa i s'eixugaren les llàgrimes amb el palmell de la mà. La màgia del mirall fictici ensorrava de sobte tots els obstacles que havien allunyat fins ara, en un abisme crònic aparentment insalvable, l'activista no-violenta del partisà no penedit. El silenci es feu més profund i pesant que en qualsevol altre moment i simple-ment així, de genolls damunt del fang, s'abraçaren. El color de la pasterada que duien escampada pels texans desgastats es confonia amb la pell bruna de la Tània. El pàl·lid rostre d'en Carles prenia un to verdós sota la claror d'un cel que semblava el darrer dels cels de la Terra. Les dues vides es fonien integrades en el paisatge, com dos elements més d'aquella escenografia que tenia per fons una panoràmica lúgubre i macabra.

Amb els ulls encara vidriosos, ajaguts cos a cos, just sobre la cresta, en Carles prengué els prismàtics. Els binoculars permetien veure amb detall tota l'extensió d'una àmplia zona humida impròpiament desèrtica d'on brollaven a cada racó rierols espessos i tornassolats. Les antigues mines ara eren pous inerts, on les vetes d'aigua s'havien mesclat amb els detritus no explotables de les entranyes del planeta. Allà enmig, en la llunyania sense fi del no res, un reflex brillant va espurnejar. Va afinar l'enfocament per tal de veure-hi amb més nitidesa. Aquelles ombres cubistes que havia percebut en un marge no eren una clapa de natura sinó vehicles arrenglerats. I si hi havia tot terrenys, i precisament allà, res de bo no podia estar passant.

—Ens hi haurem d'apropar —va proposar— em sembla que no estem segurs. Crec que hi ha un comboi militar just al coll. Si és així estem ben fotuts perquè per aquest costat no hi ha cap més pas.

—Fem-ho! ho haurem d'intentar, tot depèn de nosaltres, no?

—D'acord, fem-ho abans que vingui la resta, afanyem-nos. D'ara endavant mano jo. Ens haurem de bellugar sigil·losos. No obris la boca, limita't a seguir-me posant els peus damunt les petjades que jo deixi i fes exactament el mateix que faci jo. Haurem de travessar pel mig les aigües contaminades amb l'objectiu d'arribar a aquell petit monticle d'allà al davant. Des d'allà hi veurem millor i podrem decidir si continuem o ens fem enrere.

—D'acord, però primer voldria parlar amb tu. Fins que he arribat aquí no havia entès res del que havies fet. He estat en moltes guerres, bé, prop de moltes guerres. Atenent persones ferides i malaltes en diferents camps. Això m'ha fet rebutjar l'ús de la violència i sobretot les armes. M'agradaria tenir una conversa amb tu, no vull jutjar-te, però vull saber el que has fet per haver de fugir, si has mort o ferit cap altre home, i sobretot si dus ara mateix cap arma amb tu. Em sap greu parlar-te així, em fa sentir incòmoda.

—Vols dir que cal? Ara?

—Sí, si us plau, ho necessito i crec que pot ajudar-me a entendre't —digué mentre premia amb força la mà d'en Carles. En aquell moment, la respiració del seu company de viatge es va accelerar i totes quatre pupil·les s'enfosquiren fins a ser negres com l'atzabeja.

—Bé doncs. Mai no n'he parlat, ni he confessat a ningú totes les voltes que hi he donat dins el cap. Crec que no, que no he matat a ningú. Si més no mai no he tingut la intenció de fer-ho —amb la veu entretallada i visiblement nerviós feia esforços per trobar mots per explicar accions i sentiments—. La Tània l'acaricià suaument amb els dits per donar-li coratge i confiança.

—Segueix Carles, si us plau. Ho estàs fent molt bé. Necessito que segueixis, vull escoltar-te.

—Qui soc jo per treure la vida a ningú? qui són ells per matar-nos a tots? Hi ha hagut moments en què s'han desfet de nosaltres de cop i altres en què ho fan a poc a poc.

—Nosaltres, ells…

Passat l'instant del dubte, la Tània digué amb fermesa:

—No vivim al mateix món?

—Sí, però per un temps breu. I tampoc no patim igual la resposta de la natura a les agressions que se li infringeixen. I dic que li infringeixen, perquè no és culpa de tots el que passa, és culpa d'uns pocs. Evidentment sense miners no hi ha mines i sense consumidors no hi ha consum, però responsable n'és qui planifica, qui autoritza, qui permet, qui extreu, qui explota, qui s'enriqueix de tot això, qui ho fa per seguir acumulant riquesa i poder. Responsable és aquell que, conscient, quantifica les despeses, els danys col·laterals, estableix un preu per a cada cosa, fins i tot per a l'aire, i ho organitza tot per sortir-ne ben parat. Un altre paper juga qui no té altra opció, qui no ha conegut res més, qui beu de la mateixa aigua que contamina, qui arrenca de la terra el fruit per sobreviure, l'esclau del passat assalariat del present, que es limita a veure passar la vida, si del pas del temps se'n pot dir vida; l'incapaç de plantejar-se cap alternativa, la majoria de "nosaltres", de la gent que m'envoltava quan vivia prop d'aquí. Què farem? Com pagarem? De què viurem?, són preguntes diferents, preocupacions ben diferents, que aquestes altres: On invertirem? Com farem créixer la producció? I les vendes, i els beneficis? Ho veus igual? Creus què això d'aquí davant és culpa d'uns i altres? Hi ha culpables que viuen a milers de quilòmetres d'aquí, sense preocupar-se de res més que del creixement del preu de la seva inversió, de les seves accions, sense importar-los una merda ni el què ni el qui ni el com.

—Perdona, no volia interrompre't. No ho faré més. Parla'm de tu, si us plau.

—Com et deia, crec que no he matat mai ningú. O si més no a través de l'acció directa. M'he limitat al bloqueig i al sabotatge. A tallar cables, a volar torres i ponts, a cremar màquines i a fer esclatar estacions elèctriques, però d'això en fa molt de temps. Tot ho he fet per mantenir les possibilitats de viure en el planeta, de mantenir la civilització humana damunt la Terra, sota la lluna i el sol. Hem frenat canonades, per alentir i encarir el cru bituminós, hem aturat les mines, per bloquejar la crema de carbó, hem obstruït la cobdícia, protegint els boscos tant de temps com ha estat possible, hem esgarrapat l'asfalt per aturar carreteres i fer més costós el transport. Frenar el desastre era l'únic objectiu. Ha estat un continu de renúncies i de limitats consensos que ajornaven per sistema els desacords. No sé què faria si en tingués la possibilitat i menys ara que sé del cert fins on ens han portat. Potser sí que m'enfrontaria a mi mateix, a la meva consciència i mataria, o potser seguiria sense tenir prou força per fer-ho. En tens prou amb això? No em penedeixo de res del que he fet, i vist el que he vist, segur que no estàvem equivocats. Potser ja només m'avergonyeix haver-me rendit sense vèncer, no haver estat capaç de continuar lluitant, no haver-ne sabut més i no haver controlat les meves pors. Només em dol haver-me deixat encendre per aquella ràbia que neix de la impotència, i no haver-me sabut imposar a la desesperació després del fracàs, ni a l'apatia després de cada desengany, de cada petita traïció. En tens prou amb això?

I ajaguda de cantó, la cooperant deixà anar la mà d'en Carles per passar el braç complet entre el seu clatell i l'espatlla i prémer-lo amb força.

—Perdona, mai no t'ho hauria d'haver preguntat, mai no hauria d'haver dubtat de tu. Anem —i mentre es posa dempeus li pica l'ullet—. A les seves ordres, comandant.

Le temps mûrit toutes choses; par le temps toutes cho-
ses viennent en évidence; le temps est père de la vérité.

El temps fa madurar totes les coses; pel temps totes les
coses esdevenen evidents. El temps és el pare de la veritat.

FRANÇOIS RABELAIS

VIII

—Alto! Ni respireu! O disparo! —van sentir, just endinsar-se
en aquell fluid tornassolat que anys enrere havia estat un líquid
cristal·lí que nodria i enverdia la terra i atreia bèsties de tota
mena, de cada racó de la contrada.

Es quedaren immòbils amb mig cos submergit en l'enquitra-
nada xocolata clara. La ferum de petroli del torrent era totalment
desagradable. El temps semblava tan immòbil com els seus peus,
cada cop més enfonsats al llot pudent. Sota uniformes d'un blau
tan fosc que semblava negre i rostres coberts amb passamun-
tanyes al to, els va semblar distingir quatre homes i una dona.
Eren un grup d'éssers corpulents apuntant-los directament amb
fusells. Quan els van donar l'ordre de sortir lentament d'aquell
riu pestilent, van obeir ràpidament, i van sortir-ne amb movi-
ments maldestres i descompassats, xipollejant i enfonsant-se de
tal forma que els semblava que en qualsevol moment perdrien
les sabates i quedarien aquestes permanentment enganxades,
engolides pel fons sedimentat.

Un cop fora una veu greu i seca va ordenar que es despu-
llessin immediatament i un sisè home, que aparegué de sobte,
els llançà unes granotes de mecànic, de color verd llampant,
damunt del fang.

L'antiga cooperant, tot apel·lant a la dignitat humana i al dret
a la intimitat va demanar poder desvestir-se i canviar-se en un

espai privat. La que semblava l'única dona del grup armat va colpejar-la sense miraments amb la culata del fusell primer als pits i després a l'espatlla mentre li deia:

—Qui et penses que ets, princesa? Ràpid, abans no et caigui la pell. —Tània intentà mostrar-se el més calmada possible, per la seva experiència sabia que només seria humiliada si es deixava doblegar—. Les calces també! Fora! o vols que se't podreixi el bacallà, bufona? Ep, espereu a agafar la roba. —Mostrant l'actitud més seca i brusca possible, menjant-se la ràbia i la vergonya, la doctora seguí les passes del seu company, que ja es mostrava conill, amb totes dues mans creuades cobrint els genitals.

Abans que es vestissin, ruixaren tots dos cossos humans, nus i bruts com vedells engabiats, amb una mena de sulfatador ple d'una dissolució oliosa que feia una intensa flaire d'alcohol. L'olor volàtil d'aquella dutxa deshumanitzant impregnava els pulmons i emplenava el cap de memòries i pensaments d'històries criminals. Allò no anava bé, però no hi havia sortida, no podien fugir, ni negar-se a obeir la força d'un grup de salvatges armats.

—Ara ja podeu posar-vos la roba. Em sap greu, però ho hem fet pel vostre bé. Aquesta aigua és altament tòxica.

En Carles recordava aquella veu, aquell accent, la cantarella i el to li eren profundament familiars. De feia anys… Segur que el coneixia. D'on? Qui era? Explorà en els seus records.

Un dels homes que havia desaparegut, sense que se n'haguessin adonat, reaparegué conduint una mena de camió amb rodes d'eruga.

—Amunt, ràpid, correu. —I abans que la dona misògina pogués tornar a colpejar-la, la Tània ja havia saltat a la part del darrere d'aquell furgó especial. En Carles s'hi enfilà d'un bot, sense temps per esquivar una trompada cruel entre els ronyons i l'omòplat.

El transport era ple de gom a gom, de criatures, dones i homes amb la mateixa indumentària que els havien forçat a posar-se. La parella d'Arcàdia no entenia res del que estava succeint, la resta d'ocupants de la camioneta tampoc no sabia d'on havien sortit aquell parell.

—Qui sou? Què hi feu, aquí? —preguntà una dona amb els cabells canosos i esvalotats.

—No ho sabem —respon en Carles—. Volíem anar a ajudar a la ciutat i aquests ens han aturat. Sabeu on ens porten?

—I tant! amb nosaltres cap al camp —feu ara la més jove del grup—. Ens han enxampat. Ahir a la nit vam fugir del camp.

—Quin camp?

—Ens tenen tancats. Com que no en van tenir prou amb tot el que ens ha passat, els que hem salvat la pell ens han detingut i aquests fills de puta ens tenen tancats com animals —seguí la noia—.

Era un esquitx amb uns ulls grans i brillants. Per la veu i els gestos transmetia una força i un coratge inusuals.

—A mon pare i ma mare i germana se'ls va endur el mar, i no sé res d'ells. No sé què collons hi foto jo aquí. Només sé que quan va passar tot era viva sota una pila de morts, de cadàvers matxucats. Vaig alçar-me i allò era una merda, una puta merda. Estava sola. Les primeres hores no vaig trobar ningú i els primers que vaig creuar-me, en comptes d'ajudar-me, em van obligar a pujar en un camió i em van portar fins al camp. Aquí tothom diu que els donem pel cul i que ens volen fora per fotre el que vulguin amb les runes de la ciutat. Hi ha qui diu fins i tot que ens volen eliminar per aixecar una ciutat nova, sense càrregues addicionals. Som nosaltres aquestes càrregues, sabeu? Jo també ho penso, els molesta que haguem sobreviscut. Què mireu així? Per l'accent i les pintes no sé què collons foteu aquí. Per què no us quedàveu a casa? Si voleu ajudar primer haurem de fotre el camp, si no estem a les seves putes mans.

Altre cop el silenci, aquell silenci incòmode però menys incòmode que les paraules. Ulls plorosos, cares de pòquer, mirades buides i de fons un plor desconsolat.

El camp era al fons de la vall al límit del vesant dret de la terra erma. Centenars, milers potser, de tendes blanques arrengle-rades feien palesa la magnitud de la tragèdia. El campament era d'estrena, però no per això deixava de ser un camp. El fang s'acumulava en els improvisats carrers i fileres de gent arreu omplien aquella comunitat. Altaveus a cada cruïlla coronaven plafons que indicaven amb lletres grans i colors, la zona i el número transversal i longitudinal d'aquella quadriculada ciutat.

En arribar el furgó a una mena de caserna prefabricada, presidida pel logotip de la companyia que havia espremut tot el suc d'aquella terra fins a deixar-la erma, van separar la Tània i en Carles, i a una i altre de la resta del grup.

Després d'una revisió mèdica rutinària van retrobar-se davant un mostrador rere del qual estava situat l'oficial que en aquell moment comandava el camp.

—Documentació

La Tània estengué el seu document i tot seguit es va presentar com a metgessa col·legiada, va fer constar la seva pràctica en situacions similars i es va oferir a ajudar.

—No en duc —digué en Carles.

—Bé, doncs haurem de prendre-li les mesures biomètriques. Estan casats?

—Sí, i estic embarassada.

Afirmà ella. Sabia per experiència que d'aquesta manera potser podrien mantenir-se junts i compartir un barracó per a famílies.

—Agent! Condueixi'l a identificacions. Vostè acompanyi'm.

En una sala annexa, l'oficial s'apropà a ella fins a una distància inacceptable, molt més enllà de la prudencial. Envaïa tot el seu espai, amenaçant-la amb el seu cos. Ella podia ensumar la pudor de tabac i de suor, la fortor que feia l'alè d'aquell porc fastigós. Alhora, la fortor de la por d'ella en l'aire estimulava aquell sàdic embriagat de poder.

—Bé m'ha semblat entendre que volen estar junts, oi? Estic segur que vostè i jo arribarem a un acord. M'entén, oi? Serà més fàcil i més plaent si m'entén —anava dient l'oficial mentre es cruspia amb la mirada aquella dona indefensa i li magrejava, conscient de la seva impunitat, cul, pits i entrecuix.

Un altre home vestit de civil, acompanyat d'un soldat de pell d'un color negre més fosc que l'uniforme, entraren a la sala, i l'oficial de guàrdia prengué distància, de sobte. Com si no estigués passant res, es posà ferm i saludà.

—Senyor, tot en ordre.

—Bé, doncs ordeni a un home que assigni llit a aquesta interna i dirigeixi's immediatament al sector K.

—Jo m'encarrego de tots dos. Ja he acabat amb la identificació d'aquell. —Es proposà voluntari el militar. En Carles entretancà

els ulls, arrugant subtilment el front. Pel posat, provava, infruc-
tuosament, de recordar.

Un cop sols aquell home misteriós es dirigí a ells. Per pru-
dència van deixar d'enraonar de seguida.

—Heu tingut sort que vingués acompanyat del responsable
civil del camp. Sí, no em miri així, ens coneixem.

Pensaments, sons i paraules

El sueño es el alivio de las miserias para
los que las sufren despiertos.

El somni és l'alleujament de les misèries
per als que les pateixen desperts.

Miguel de Cervantes

IX

E n veu alta repassava records que volia que ella escoltés, desitjava que l'escoltés, però que allò estigués passant no era gaire probable. Malauradament, hi ha cops en què les paraules queden surant en l'aire i colpegen i topen arreu sense que ningú les escolti; malgrat això, i tot i saber que el més segur era que ella no l'estigués escoltant, necessitava parlar, evocar passats i somniar que els temps millors estaven per arribar.

—Era un dia com qualsevol altre d'estiu. Xafogor, calor, poca roba, molta suor, gola seca i pell amarada d'humitat. Quan vam desfer-nos del darrer client, vam recollir l'última taula que restava al carrer i vam acabar de passar l'escombra per les lloses esquitxades de taques de xiclet. Com gairebé cada dia, des que havies començat a treballar, vaig proposar-te de venir amb mi a refrescar-te a la bassa que hi havia a tocar de la font del Pedrís. Aquell era un dels pocs i grans avantatges de viure en una ciutat no gaire gran, voltada de muntanyes.

Feia el possible per vocalitzar, tot i que la llengua constantment se li entortolligava. I amb la veu entretallada reprenia les memòries.

—Jo sabia del cert, perquè hi anava pràcticament cada nit, que a aquella hora no hi trobaríem ningú. A quarts de dues la gent o està de festa o dorm, i la font del Pedrís no convida a fer-hi ni una cosa ni l'altra. El teu "va, anem-hi!" em va descol·locar. No vas telefonar a ningú, potser te n'havies oblidat, però evidentment jo no t'ho vaig recordar.

Melangiosa i moixa, després d'una dolorosa pausa, continuà el monòleg.

—Tan bon punt vam haver creuat el pont que travessava el riu sortint de la ciutat, vam prendre el caminet rocallós que avança a tocar del torrent sec de la Figuera i els Joncars, recordes? La lluna plena il·luminava totalment el barranc de pedra blanca. En arribar al pla, vam trencar pel marge trepitjat d'uns sembrats, fins arribar al clot on quedava amagat el gorg. Aquella bassa poc profunda, on amb prou feines podíem fer mitja dotzena de braçades, es formava pel rajolí que brollava directament de parets i sostre en una petita cova a escassos metres d'allà. L'aigua era rogenca, com la terra d'on emanava, vermellosa i gelada. Com feia cada dia, des que un dia en plegar de treballar tot fent una passejada per esbargir-me vaig descobrir l'espai, vaig despullar-me i vaig capbussar-me de cop al bell mig de la bassa. Aquella nit no vaig treure-m'ho tot, no fos cas que t'incomodés, i vaig ficar-me a l'aigua en roba interior, després de deixar l'uniforme de la feina i la bossa on duia la tovallola damunt una roca arrodonida i relliscosa que quedava just a tocar de l'aigua. Tu, seguint les meves passes, després de treure't sabates i mitjons, vas descordar-te la faldilla i vas deixar que lliscués tota sola cuixes avall, les calces ocultes sota la llarga i ampla samarreta blanca de la feina. Vas anar remullant-te i entrant dins l'aigua a poc a poc, sense deixar de somriure, sense deixar de mirar-me.

—Això és genial; no sé com he estat tan ruca de no venir abans —vas confessar. Amb dues braçades vaig atansar-te'm per esquitxar-te, però ja eres sota l'aigua bussejant lluny de mi, cap a l'altre extrem de la bassa. L'aigua era tan freda, que amb un banyet en tenia prou, així que en poca estona vaig haver de sortir fora i, tot picant de dents, vaig començar a eixugar-me. Tu no vas trigar gaire a seguir-me. També tremolaves. La samarreta, sota la qual s'intuïen unes petites calcetes negres, se t'havia arrapat al cos i dibuixava, retallant-te, perfectament, cintura i malucs. Vaig oferir-te una mà, per tal d'ajudar-te, mà que vas rebutjar amb un posat burleta i sorneguer, sense deixar de fitar-me. Sota els tirants de l'improvisat vestit, moll, cenyit, gairebé transparent, just on acabava la cabellera negra, es mostraven, eixerits, els teus menuts i punxeguts pits, culminats per uns mugrons drets, de carn endurida per la fredor de l'aigua. Vaig abrigar-te, col·locant la meva tovallola sobre les teves espatlles. Vaig prémer els teus muscles i estrènyer-te tan fort com vaig poder entre els meus braços. La teva respiració, i la meva, quedaven entretallades.

I tot gronxant-se rítmicament entre sanglots va reprendre el relat per a si, anhelant que ella oís el que li deia.

—En silenci vam desplaçar els caps enrere fins creuar una i altra mirada. Vam tornar a atansar-nos, jo sense deixar d'esguardar-te el rostre, provant d'escrutar més enllà dels teus ulls, desitjant i fent el possible per endevinar-ne els pensaments. Vaig besar-te, impulsiva i de manera furtiva, als llavis, un petó que et va fer glatir fins estremir-te, un petó, però, que amb una àgil passa enrere vas saber interrompre, elegant i alhora brusca.

—No en vull ni parlar d'això. No ha passat res, no hauria d'haver passat mai. Jo no soc com tu. Estimo en Manel. Me'n vaig —i tota xopa vas desaparèixer, carregant la meva tovallola a l'esquena i faldilla seca, mitjons i sabates a la mà, fugint sense aturar-te corriol de llum enllà.

—Vaig passar-ho per alt. Recordo que em vaig veure a mi, uns anys abans, en un mirall. Encara recordava perfectament el que va suposar per a mi acceptar que m'agradava aquell home. De fet l'única vegada que he festejat i estimat un home. Jo ja era qui soc i com soc, i tenia por, molta por. Pensava que ningú no ho entendria i volia amagar-ho a tothom, també a mi. Encara tenia més por d'aventurar-mi, temia bloquejar-me, que no m'agradés, no passar-ho bé, de fet mai abans havia sentit desig per cap home. Quan vam estimar-nos, després d'acceptar els meus impulsos, vaig reforçar la meva opinió, el meu parer sobre el sexe. Havia estat complaent, el coit va arribar de pressa i inesperadament gairebé va ser indolor, les pors es van esvair, però no vaig assolir el grau de plaer a què m'han fet arribar qualsevol de les dones amb què he compartit llit, encara menys la intensitat i la complicitat que he sentit en fer l'amor amb les qui he estimat.

—Els dies següents, a la feina, vas estar molt esquerpa, pràcticament ni saludaves. Fins que un matí, curiosament, vas dir-me, tensa i enrogida, que en plegar volies parlar amb mi. Vaig dir-te que d'acord, que si volies podíem parlar camí de casa, que aquell dia havia quedat i tenia pressa, molta pressa. Vam sortir de la feina, enfilant el camí cap al centre que conduïa a casa, converses efímeres, silencis passatgers, mirades a terra i distàncies exagerades. Res de destacable fins al portal, no entenia què volies, i per por que em maregessis, amb un sec "fins demà, bona nit!" vaig engegar-te.

—No puc més. Hem de parlar —vas dir-me.

—Parlem, què vols?

—Aquí enmig del carrer? Puja un moment, si vols.

—Puja si vols, jo... tinc pressa, ja t'ho he dit —em va sortir per resposta—.

I vam enfilar escala amunt, saltant de replà en replà. La imaginació portava al meu cap imatges del teu cos totalment nu, pensaments de carícies i petons que feia el possible per esborrar. Això és un adeu, no et facis il·lusions, s'ha acabat el joc, em deia. Just obrir la porta, al mateix passadís que fa de rebedor vas esclatar:

—Ho hem deixat amb en Manel... Li ho he explicat tot, tot el que ha passat, tot el que sento, tot això que es mou dins meu, i m'ha engegat. Em sento malament, molt malament... Sento el que va passar l'altre dia, encara no ho entenc, no m'havia passat mai abans.

I vas mirar a terra, avergonyida, atrapada en un silenci només interromput per un lleu sanglotar que no vas saber com controlar.

—Ep, no t'amoïnis —vaig dir-te mentre et premia la mà—. He passat per aquí abans, saps?

I el silenci esdevingué còmode, agradable, natural. Vas alçar la mirada, mentre estrenyies la meva mà amb la teva, i, com dos imants quan s'encaren pels pols contraris, vam atansar-nos, sense oposar resistència a una força invisible que ens atreia, i ens vam besar. Jo, no ho podia creure, no podia aclucar els ulls, necessitava confirmar que eren teus aquells llavis, aquells cabells, aquells pits que es clavaven en el meu tors, aquella mà que no em volia deixar anar. Dels petons a les carícies, i de les carantoines vam passar a jeure encaixant cossos i sofà. Sense adonar-nos-en estàvem —salvatgement, lliurement— fregant les ànimes i fonent pell contra pell i suor amb suor.

—Escolta, no tenies tanta pressa? No voldria que per culpa meva deixis de fer res important. Burleta, te'n foties de mi.

—Que pot haver-hi de més important que aquest moment, que aquest instant?

Forta com era, va esberlar-se com ho fan alguns roures després de la neu i el vent en les tempestes. Doblegada i encongida sobre si no podia deixar d'exposar tot el que quedava per dir, per si potser, fos com fos, ella encara l'escoltava.

—I sense adonar-nos-en, recordes?, les nits i els dies van anar succeint-se i vam compartir a més de feina, sostre i pa, llit i dies lliures, amistats i família, cosins i germans. Com un matrimoni dels d'abans també vam fer nostres fortunes i maldecaps, malaltia i salut, pèrdues i guanys. I vaig ser jo qui va emmalaltir cada cop més i més, fins al límit que va portar que em despatxessin. —

Gronxant-se rítmicament com un balancí, com les onades en la mar, va continuar.

—Havia de dur una mascareta especial per no ofegar-me per culpa de tanta merda en l'aire, i sense la mascareta no podia respirar. Tu vas fer-me costat en tot i vas acompanyar-me en tota mena de tractaments, ara aquí ara allà. Però no era jo el problema, o no era només jo el problema. L'aire s'havia tornat irrespirable i qualsevol que, com jo, tenia un problema pulmonar no podia sobreviure sense mascareta, sense fàrmacs, sense oxigen, en aquell ambient inhòspit, contaminat. El problema, deia l'especialista de l'hospital, eren les muntanyes que rodejaven la ciutat. S'havia portat tan bé amb mi, permetent que pagués la consulta a terminis ajornats, que tot i no estar-hi d'acord, no podia discutir amb ella la hipòtesi sobre les causes que han fet irrespirable l'aire a la ciutat. Les muntanyes hi han estat sempre, envoltant la ciutat, una vila dins d'una olla, entre turons i barrancs. Precisament allò que conferia caràcter als carrers que estimo, era el mateix que els feia més vulnerables a la devastadora acció dels humans. Paradoxalment, la barrera natural de serres frondoses, torrents rocallosos, i verds pujols que s'alçaven com muralla tancant el perímetre urbà feia que els gasos producte del trànsit i de l'activitat industrial que m'asfixiaven quedessin atrapats, com el núvol tòxic d'una explosió nuclear. Vaig provar diversos i costosos tractaments: infusions, pegats, agulles, massatges, banys, píndoles, bafs... i res, semblava que res no em guaria, res no em confortava, sort de tenir-te sempre al meu costat. I llavors, van dir-nos allò, que l'única solució era fotre el camp, marxar cap a una altra part on l'aire tingués millor qualitat, que altrament no podien assegurar quant de temps em quedava si deixava de pagar. Si seguia allà necessitava l'oxigen per viure, un oxigen i unes mascaretes que fins que pagués el deute pendent amb l'hospital no podien continuar-me fiant. Per a mi, vida impossible en terra erma. I vam decidir marxar, havíem llegit que hi havia una ciutat a la costa, on la brisa renovava l'ambient i l'aire s'enduia les partícules fines que m'ofegaven cap a la mar. No era una vila bonica, no tenia platja i el riu hi arribava carregat d'herbicides i nitrats. Les fàbriques havien tancat i l'atur era molt alt, per contra hi havia molts blocs plens de pisos buits a preus prou barats. La xarxa d'allò que antigament anomenaven economia submergida per sort era molt potent i la gent es buscava la vida sense diners, intercanviant directament treball, serveis, feinetes i aliments. Ens havien dit que hi quedaven uns pocs bars, alguns dels quals s'autoproveïen amb la seva pròpia cervesa, ratafia i aiguardents producte de qualsevol maceració que es pogués destil·lar. El germà de l'amo de la taverna on treballaves, Xesca, tenia un bon amic que ens podria ajudar a trobar feina. I ens hi vam llançar. Un matí vam fer les bosses i vam marxar. I avui som aquí prop del mar, enmig del mar, per mi, per culpa meva, si no encara viuríem entre muntanyes, a la ciutat.

I cul a terra en una cantonada, entre la vetlla i el son va seguir passant revista als records, a alegries i dissorts.

Era semblant a romandre en un somni més plaent que la pròpia realitat, onírics retrats seleccionats i millorats de tot el que havia passat. La noia volia seguir així, amb els ulls closos, i deixar de banda tot el que estava passant, oblidar per un moment la seva alcova, aquelles quatre parets, aquell moment i a ella, sobretot a ella, la seva Xesca, estirada damunt del llit com la bella dor-ment. Però els nervis, com en d'altres ocasions, els nervis no van permetre-li restar immòbil i pacient i encara menys serena.

Presa per la impotència va començar a caminar amunt i avall com una fera engabiada, i va colpejar les parets amb el punys fins a fer-se mal. Va xutar entre xiscles i esclafar contra el mur aquella figureta de fang que a la Xesca mai havia acabat de fer-li el pes, però que a ella tant li agradava. Va arrencar el suport de la prestatgeria que restava ferm i va fer miques, colpejant-les amb el penja-robes metàl·lic i amb la vella cadira de vímet, aquelles quatre fotografies emmarcades que decoraven la cambra. Més desfogada, va agafar una escombra amb la qual escampar bocins, com si soterrés la ràbia sota el llit i la dissolgués esmicolant-la en cada racó de la casa.

X

El so de mobles arrossegats trenca el silenci. Ve de dalt, de l'infrapis que van construir al terrat. Remor, remor de trastos que llisquen xarrotejant, escolto sobre el meu cap. És un soroll conegut, potser el so de les potes d'una taula, d'una cadira fregant el terra. Un carrisqueig que sempre m'ha posat neguitós, però que avui festejo. Celebro el soroll perquè els mobles no es belluguen sols, jo tampoc n'estic, hi ha algú a dalt. Baixo de la cambra corrent tant com puc, avanço a la porta d'accés a casa que s'obre com si res no hagués passat. Ni grinyola. De bat a bat. Travesso el portal i accedeixo al replà comunitari. Si no fos per la manca de llum i l'olor de claveguera semblaria que a l'escala no hi hagués passat res. Convençut que l'ascensor no funcionarà, ni ho provo. Enfilo un a un els graons, a la cerca de la persona que fa aquest soroll. Superat el primer tram ,la imatge de normalitat torna a fer-se difusa. Tota la claraboia, que cobria el forat central del terrat i la caixa de l'elevador, s'ha ensorrat i les restes s'escampen fragmentades sobre els rajols. Al seu pas ha descarnat el passamà i ha malmès un gran nombre de les lloses que trepitjo.

Més veloç del meu pas habitual, en un xino-xano accelerat, em planto davant el llindar d'on prové el xerricar. Uns gemecs aguts, probablement de dona, em commouen i m'aturen. No tinc prou forces per trucar. Soc totalment capaç de picar amb delit, de fer-me sentir, però em sento incapaç de donar consol, d'escoltar, d'acomboiar ningú, encara menys de fer-li costat. L'ansietat retorna i l'aire em torna a mancar. Em marejo i al rodolar de cap l'acompanya la taquicàrdia, altre cop la suor freda i aquell malestar que sembla que el cor vulgui marxar. Tusso, una tos seca gairebé asmàtica. Les cames em fan figa, m'assec a terra per no caure-hi i respiro altre cop entre les mans, pel que he après de l'experiència d'altres, tan lent com puc el mateix aire que ja he respirat. Lentament la visió es torna a enfocar i els puntets lluminosos que flotaven al meu davant s'esvaeixen. Em poso dret, però les cames em flaquegen, em precipito contra l'entrada i truco al portal esmaperdut, tan fort com puc. Ningú obre, i ara mateix estic dèbil, massa dèbil per arribar fins a casa. Els plors i els brams perduren, hi ha algú? Ajudeu-me si us plau. M'assec i espero restablir-me, recuperar l'alè, posar-me dempeus i tornar a picar la fusta amb els nusos de la dreta.

No se sent res i he perdut la noció del temps, soc incapaç de distingir quants minuts, o potser hores, han passat. M'aixeco i colpejo al bell mig de la porta, colpejo i colpejo i torno a colpejar, però ningú no m'escolta o no em vol escoltar. Fent tentines, confús, plorós i resignat me'n vaig a casa, passadís enllà. Just a tocar del primer graó sento uns ulls que se'm claven a l'esquena, que em fiten des de l'espiera. Instintivament em giraria, però conscient que no volen obrir segueixo al meu pas. Tímidament, amb desconfiança, una clau deslliura el pany i un gest de les frontisses allibera l'entrada. De reüll observo l'obertura, discretament, com si no n'estigués al cas.

Per la cua de l'ull intueixo una noia que rere seu ajusta la porta, com si tingués por que pogués robar, i tot seguit s'atansa decidida cap a mi. L'escolto sanglotar, cada cop més a prop. Ploriqueja i inspira sorollosament, i xucla els mocs que li tapen el nas. No em giro encara, vull esperar que sigui més a prop, gairebé a tocar.

—Què vol? —em diu, amb la veu entretallada pels laments. Mantinc silenci, m'angoixa pensar que pugui ser una nosa, un destorb—. Què hi fa aquí, què vol de mi? Marxi, encara hi és a temps, deixi'm estar! —reclama amb veu tremolosa i mig cridant. No es pot controlar, jo pateixo angoixa, ella està al límit d'un atac d'histèria.

—Ep, què et passa, potser puc ajudar-te, potser podem donar-nos un cop de mà.

—Vostè a mi? Marxi, va! A més de vell, repapieja, foti el camp! No pot ajudar-me ningú, es mor, es mor... i ningú no podrà fer-hi res. Deixi'm sola, si us plau.

I sense més paraules, sense deixar de plorar em dona l'esquena i es dirigeix, desconsolada, al seu cau. En travessar el llindar deixa la porta a mig obrir, potser està convidant-me a entrar. Segueixo les seves passes, els seus sanglots i brams amargs. Travesso el portal callat i prudent, armat de valor vull oferir consol i deixar de banda el meu dolor. Sempre m'ha fet sentir bé fer costat als altres, sempre m'ha fet mal, un mal profund, el patiment aliè. No puc evitar-ho i encara que m'hagi rebutjat em planto amb avidesa a prop seu, estic disposat a fer el que calgui per ajudar. Es gira, esquerpa.

—Marxi, què hi fa aquí?

—Has deixat la porta oberta, només volia ajudar. Segur que puc fer alguna cosa per a tu —responc calmat, tan calmat com puc.

—No ho crec —respon, seca—. Un moment —i se li escapa una ganyota, un balanceig lateral, un moviment d'espatlles, que amaga un tímid, sincer i silenciós "si us plau". Espero dret, repenjat al muntant. Desapareix al fons i retorna en un instant, s'ha eixugat les llàgrimes i els mocs, s'ha vestit amb roba seca i s'ha cobert amb un mocador de coloraines el cap. Sembla una altra, ha enterrat el patiment dins el pit i ha amagat els sentiments sota el drap amb què tapa el negre cabell de rínxols despentinats.

—Vingui, si us plau.

Travesso, rere seu, el passadís fins a l'estança del final. El distribuïdor d'accés a l'alcova té una lluminositat espectacular, com si el sol hi fos només per il·luminar aquesta habitació. Passat el coll d'ampolla i a l'entrada de la cambra, horroritzat descobreixo que el sostre s'ha esfondrat pràcticament del tot, només queden pedaços residuals de morter i de la malla de filferro que unia mur i teulada, restes dels rodons corrugats que ara s'alcen recargolats enlaire, mitja dotzena de blocs i alguna de les bigues que sostenen el poc que queda de teulada. Al desplomar-se el mur frontal, de ben segur que unes quantes biguetes de formigó armat que s'hi recolzaven s'han esfondrat i darrere seu tot el forjat de lloses i sostre prefabricat, amb tan mala fortuna que un mòdul de l'encofrat s'ha precipitat damunt el capçal del jaç. El terra és ple d'enderrocs mal apilonats sense cura en un racó. Ajagut sobre el llit tronat hi ha el cos d'una dona voluptuosa sense rostre, cobert amb una vànova. La testa malmesa i aixafada fa feredat de veure, no hi puc mantenir la mirada. Un bloc de formigó i una amalgama de vares del forjat li ha esclafat el cap, i tot i la ruïna, miraculosament, panteixa encara. L'altra noia, dempeus al seu costat, li prem la mà i la besa amb tendresa, i amb un drap net eixuga com pot muscles i pits ensangonats. Empàtic, em turmenta pensar en la jove afligida que s'entrega a curar l'impossible, a lluitar per la dignitat de la vida humana fins al final. Pateixo, sempre m'ha torturat la calamitat i el dolor dels altres. La infermera accidental es gira vers jo, buscant suport, aprovació, potser consol, però covard i esquiu no goso creuar-hi la mirada, sento vergonya de ser tan miserable. M'atanso amb els ulls clavats a terra, premo suau la meva mà sobre el seu braç, i sense creure-hi, sense fe ni esperança, li dic "tranquil·la, ens en sortirem d'aquesta, n'estic segur" i immediatament em poso a recollir les engrunes de runa que queden damunt el cobrellit estampat. Reprèn el plor i, desesperada, busca el meu suport, en l'escalfor d'una abraçada. Commogut i trasbalsat em mantinc a prop, quiet com un estaquirot i cedeixo la meva espatlla per absorbir les llàgrimes. Es desfoga i a poc a poc responc dolor amb dolor, i retornant l'abraçada l'envolto amb els braços com si fos son pare, el pare de la filla que mai no he tingut i que sempre he desitjat. Damunt un petit escriptori de fusta, que hi ha a la cantonada, hi veig una pila de tovalloles plegades i llençols nets, espolso la mica de guix i sorreta que hi ha caigut damunt i remeno entre la roba a la cerca d'una coixinera per substituir l'esquitxada de sang on la meva veïna, desconeguda fins ara, recolza, moribunda, el crani fracturat. Sense paraules, la jove que ha obert la porta m'ajuda, alçant-la el necessari per tal que pugui cobrir el coixí amb roba seca i polida. No puc parlar, prenc seient als peus del llit i resto mut al costat de totes dues.

El so de la respiració panteixant de la dona que ha patit el traumatisme em força a parlar. M'incomoda moltíssim el silenci entretallat pels sorolls aspres i aguts de la ranera terminal, agonitzant. Em porta a la memòria els darrers moments de la Paula. No puc suportar més aquest brogit crepitant, m'irrita la fressa que fa la respiració sorollosa i arrítmica d'una persona que no pot expressar dolor, a qui no podem calmar. Entre roncs sibilants, medito com fer-m'ho per trencar l'incòmode silenci.

—On tens la farmaciola?

—Al lavabo, ara l'hi porto. Però no tinc benes, ni gases, ni esparadrap. Quedi's al seu costat. —I surt àgil i veloç cap a la cambra de bany.

En reviso el contingut, estic cercant algun calmant per pal·liar el dolor i fer més plàcid el viatge final.

—Només homeopatia? No hi teniu cap calmant potent? Si et sembla bé aniré a casa a buscar unes pastilles. —Les píndoles que prenc per dormir, en dosis més elevades, ben segur que podran servir per apaivagar els laments, per suavitzar el suplici.

—Si hi està d'acord i em diu on són ja hi vaig jo, que ho faré abans.

—Doncs si vols anar-hi tu, t'ho agraeixo, trobaràs la farmaciola a la cuina, just darrere l'entrada de l'escala. Si pots, porta-me-la tota sencera, si us plau, que encara que tingui molt d'embalum no pesa gaire. Ja em faig jo càrrec de la teva amiga. Trobaràs obert.

Com un llampec em deixa tot sol, al costat d'una vida que s'esmuny i dels meus records. Torna esbufegant més de pressa del que mai hauria pogut imaginar. Porta els medicaments en una mà i en l'altra un parell de cadires plegables. M'atansa la capsa i amb un gest àgil deixa els seients a punt i a lloc. M'atansa els somnífers, però no hem pensat com podem fer que se'ls empassi. Altre cop muts ens escrutem, cadascú buscant resposta en l'altre.

—No podrem fer que els engoleixi, i està patint moltíssim, no para de gemegar. Aquí no tenim injeccions. No en deu pas tenir vostè?

—Sí, i tant, no hi havia pensat. En trobaràs una dins un estoig de color carbassa que tinc a la nevera. És per al glucagó, per si tingués una baixada forta de sucre. Porta tot l'estoig sencer, que farem servir també el sèrum per dissoldre els barbitúrics.

—Tingui, aquí ho té.

—Has baixat els graons de quatre en quatre, t'estimes molt aquesta noia, en té sort. Mira, jo no tinc prou ferm el pols. Necessito que treguis el tap del líquid i hi deixis caure almenys el contingut d'un parell de càpsules. Pren cap droga ella? Alguna medicació?

—No, no pren res més que un got de vi, una cervesa, algun licoret o una miqueta d'herba molt de tant en tant.

—Així doncs, penso que amb un parell serà suficient. Un cop s'hagi desfet el polsim xucla-ho tot amb la xeringa, hi poses l'agulla i endavant. Si no et sap greu, us deixaré soles, que la sang i les punxades no em fan cap gràcia.

No és cert, però en aquestes circumstàncies m'estimo més retirar-me discretament i no immiscir-me en la seva intimitat.

—No et faré mal bonica i et trobaràs millor, serà una punxadeta de no res.

Em convida a passar.

—Quedi's amb mi, si us plau. Com es diu?

—Madaix, em dic Madaix, així em van posar. I tu com et dius?

—Jo, em dic Naima i ella Xesca... No vull que es mori... no es morirà oi?

—Necessitarem sortir a buscar ajuda. Nosaltres no podem fer-hi gaire —li dic gaire per no dir res, una pietosa mitja veritat.

—He provat de trucar, però el telèfon no funciona, ni la llum, ni res. Si es queda vostè amb ella, sortiré, però m'ha de donar la seva paraula que no es mourà del seu costat.

—Tens la meva paraula; ara, no em diguis de vostè que ja soc prou gran. Digue'm de tu, si us plau.

—D'acord, Madaix, oi? Doncs me'n vaig volant. Ens pot, pots deixar soles un moment? si us plau.

M'enretiro, prudent, i en un instant llarg surt de la cambra, plorant, compungida i amb el rostre ensangonat.

—Fes tot el que calgui, tornaré amb ajuda aviat.

I em deixa amb la Xesca, reclosos i aïllats, sense gaire esperances, apartats de la vida, a tocar del final. En menys de pocs minuts la Naima torna. Tota ella tremola, indicant desesperació i espant en el posat facial. Els seus ulls humits i caiguts em defugen la mirada. Sortosament, en aquests minuts la Xesca està més serena i, almenys aparentment, el seu estat s'ha estabilitzat.

—Estem perduts, ningú no ens podrà salvar, ningú no vindrà. És pitjor del que esperava, de qualsevol desastre que pugui... puguis imaginar. No podrem sortir mai d'aquí, quan he arribat al cinquè ho he vist clar, no tenim opció. Un vaixell gegantí ha arribat fins aquí i està encastat de gairell a la façana... —no pot contenir més les llàgrimes i plora, desconsolada—. Tot ha estat culpa meva. Si no fos per mi, Xesca, no seríem aquí, i si t'haguéssim fet cas hauríem fugit amb el primer tremolor i res d'això no hauria passat...

—No et vulguis culpar Naima, res no és culpa teva, no et martiritzis. Tothom que ha sortit a temps, tots els que han sortit al carrer han estat engolits per la mateixa onada que ha arrossegat el navili del qual has parlat fins aquí. Si haguéssiu sortit...

—Si haguéssim sortit quan tot s'ha mogut, ja no hauria de lamentar res, hauria desaparegut ofegada o matxucada per aquesta força salvatge i no estaria plorant per la Xesca —diu, entre sanglots—. Si té el cap aixafat és culpa meva, de la meva por, estava bloquejada... i no he tingut valor per fugir. Soc jo qui li he dit que ens quedéssim... que no m'atrevia a sortir, que si havia de morir volia fer-ho al seu costat...

—Si haguéssiu sortit totes dues serieu mortes segur, arrossegades pel corrent mar enllà. I esteu vives, ja sé que no et serveix de consol, però esteu vives, som sobrevivents i encara ens podem salvar, ens en sortirem, ja ho veuràs. Ara aniré jo a buscar una sortida, si queda algú més a l'escala, si hi ha algú fora i com el podem avisar. Per a mi fer a peu aquests divuit pisos serà una excursió, així que passaré per casa a buscar quatre coses i no has de patir si trigo.

En arribar a casa prenc una ampolleta de la qual queda una mica d'aigua, un tros de pa per allò dels hidrats de carboni, fruita i uns quants dolços per quan els demani el cos i emprenc el camí disposat a trucar a totes les portes i aturar-me a recuperar forces replà a replà. El descens ha estat més ràpid del que podia preveure, el desig d'escapar d'una finca ruïnosa que trontolla m'ha fet alleugerir el pas. En arribar al cinquè ja veig, sense sorprendre'm, prèviament informat i, després de tot, curat d'espants, la part més alta de la quilla de proa encaixada, literalment, en el forat que ha causat a la façana principal, ara ensorrada. Ha estat l'impacte qui l'ha esfondrat. És una imatge pròpia del decorat més apocalíptic que ningú pugui imaginar. El buc del monstruós mercant ha arrencat d'arrel el darrer tram d'escales abans del replà, per a mi és impossible continuar. Hauria de saltar d'un bot una vintena de graons i salvar l'alçada fins a la coberta. Impossible per a un vell com jo. Refaig el camí i de retorn passo per casa, necessito descansar cap i cos. Acluco els ulls i provo de deixar-me endur. No puc, estic esgotat però m'és impossible desconnectar, així que agafo tot allò que tinc i es pot endrapar cru. Ho compartiré amb la Naima, l'única i l'última persona amb qui puc compartir, ara per ara, soledat, angoixes i vitualles. Però abans de partir necessito reposar, així que col·loco tot el que he dur en un parell de bosses i m'assec una estona, uns minuts al sofà mullat.

XI

—La Xesca es mor. Desperti, si us plau, vingui de pressa. —Quan vaig haver entès el que deia sortí disparada escales amunt.

La segueixo tan ràpidament com puc, com les meves cames i el meu cor em permeten. En arribar al pis de dalt, la meva veïna havia corregut a cercar-me a la porta i em va prendre de bracet per fer-me avançar, més veloç encara, passadís enllà fins la cambra on es trobava la seva companya. Quan vaig apropar-me a la Xesca, el so aspre i agut del seu panteix, va donar la raó al pessimisme i les presses de la Naima. Malgrat que jo encara duia dins l'esglai del sobresalt amb el qual havia estat despertat, vaig ser capaç de sobreposar-me i actuar com havia après a fer-ho en els temps més durs de la revolta. Vaig prendre-li el pols radial sense èxit, acte seguit hauria hagut de fer-li el boca a boca, però en aquell estat era impossible, així que vaig limitar-me a realitzar amb insistència un massatge cardíac. La respiració va anar prenent un to cada cop més cavernós i el moviment del seu pit i del seu ventre era imperceptible. Els roncs van esdevenir més i més sibilants. Havia perdut pràcticament el pols carotidi, el tors i les cames es convulsaven, nervioses, i el so de la respiració va tornar-se cada cop més crepitant, fins que va deixar d'escoltar-se. La pell de la noia prengué un to blavós i després d'una darrera estrebada aquell so incòmode de l'agonitzar transmutà en el silenci encara més incòmode de la mort. El trajecte havia

86

estat ràpid, i tot i no ser metge, estava convençut que podia certificar-ne la defunció. Sense necessitat de paraules la Naima ho entengué tot i s'apropà a la seva estimada, s'acostà una mà als llavis i la besà amb tendresa. Recolzant el cap damunt del pit se n'acomiadà dient, per darrer cop, "t'estimo amor meu". De sobte, un fort tremolor seguit d'un estrèpit damunt dels nostres caps, precedí el desplaçament d'un dels extrems de la bigueta central de formigó que sostenia el que restava de sostre a l'habitació. En un acte reflex la jove que vetllava la mort feu una passa enrere i prenent-me pel canell em va empènyer amb una forta estrebada. L'estructura es col·lapsà, tot s'ensorrava, i la teulada de la casa es convertí en sobtada sepultura improvisada.

—Si no fos per mi encara viuríem entre muntanyes i res no l'hi hauria passat. Tot és culpa meva, dels meus pulmons, de la meva salut... meva.

—No tens de què penedir-te. —Vaig dir amb la boca petita, mentre acotava el cap i estrenyia la Naima entre els meus braços.

—Gràcies, si no fos per tu jo també seria ara sota la runa.

I acte seguit vaig deixar-la sola, conscient que aquell era un moment que requeria ser viscut en intimitat al costat de la seva estimada.

Al petit passadís que forma el replà de l'escala, em repenjo al sortint d'obra adossat al mur que amaga els tubs que baixen del dipòsit pluvial que vam instal·lar quatre o cinc anys enrere. Ara em fa de banc. Estic tan cansat que si m'assec a terra dubto que pugui tornar a alçar-me. Les paraules de la meva veïna, i de l'única persona de la qual tinc certesa que és viva, em retronen al cap. Tot és culpa meva, culpa meva. Fa molt de temps, en plena adolescència, vaig aïllar aquest sentiment del meu pensament. La culpa és un límit de la llibertat, la culpa és una imposició per mantenir-nos a ratlla i jo vaig decidir que no seria mai més culpable, sinó responsable. I ara, fet i fet, quina diferència hi ha? Evidentment no vull ser responsable ni culpable, però és cert que no soc inconscient i per tant tampoc innocent, és a dir, que tinc la meva part de responsabilitat de tot el que ha passat. Ara lamento el meu treball al Comitè, al costat de la companyia, defensant els llocs de treball. Bé sabia, bé sabíem que les empreses no estaven fent les coses com calia, però crèiem que calia temps i comprensió per part del govern i els tribunals per tal que no fessin inviable el futur del sector a casa nostra, que no fessin inviable el meu, que salvessin el nostre lloc de treball. Van convèncer la major part de la indústria i part del món sindical que augmentar el control sobre els combustibles implicaria un augment de preus que provocaria una crisi general. La paraula crisi va situar al nostre costat la poderosa classe mitjana, un poti-poti de persones amb salaris encara acceptables, d'emprenedores somiatruites i d'empreses i empresetes aparentment rendibles, un poti-poti de gent que sent que no les passa tan magres com d'altres. El gran mantra fou la competitivitat i amb aquesta paraula i la por vam tenir prou força perquè no fos necessari ni començar. Va ser estrany, però el dia abans de la data en què havíem convocat la vaga, el Govern va acceptar les nostres peticions i Europa va ajornar els terminis i multiplicava per set les autoritzacions inicials per a emmagatzematge de gas liquat. Estàvem satisfets, molt satisfets perquè havíem salvat la feina. L'endemà mateix la companyia ho celebrava reduint els nostres salaris i empitjorant les nostres condicions laborals. En un comunicat públic informava que ho feia per la competitivitat i el benestar de tota la població. De simples treballadors vam passar a ser un col·lectiu etiquetat com a privilegiat. Els beneficis creixien al mateix ritme que la nostra precarietat, i en menys de tres anys, mentre estàvem distrets comptant els dies que quedaven per a final de mes, van anunciar el tancament de l'activitat. El preu d'extracció dels combustibles fòssils ja no era rendible i els dipòsits on s'aïllaven els fums de sortida de les grans instal·lacions de combustió estaven al límit de capacitat. El Govern va preparar un decret exprés en el qual justificava condicions especials per al cessament de l'activitat i l'acomiadament col·lectiu. L'empresa carregà tota la culpa als ecologistes, amb els quals temps enrere havia començat la guerra. Només quedarien obertes les plantes més eficients i rendibles, llegit d'altra manera les que podien generar més suc i més beneficis empresarials. Allí ho vaig entendre tot, havíem estat utilitzats, havia estat senzill, molt senzill; de fet, no érem més que bèsties salivant en escoltar la campaneta. El model de l'estímul-resposta havia funcionat del mode previst per Pavlov en el segle XIX. I ho sabia bé qui ens explotava. Era una qüestió de prioritats: primer jo i els meus i ara, demà passat, finalment nosaltres. La natura era un simple recipient on tot passava i el vosaltres simplement no comptava. I ens vantem de ser intel·ligents. Potser sí que soc culpable, vaig pensar, potser sí que cal que expïi la meva culpa i la dels altres. Vaig ser capaç de dir no a la proposta de reducció salarial que va fer-me el gerent després de dir-me que comptaven amb la meva experiència i fidelitat. De fet no em va caldre cavil·lar gaire. Tenia presa la decisió de plegar des d'abans. Fidelitat amb l'empresa, com el gos amb l'amo que li dona de menjar. Des de llavors, tard, massa tard pel resultat, vaig canviar de bàndol. He socialitzat tot el que sabia fins avui per destruir allò que havia ajudat a crear, però altre cop, tot i això, em sento responsable d'haver-ho fet massa tard. Vaig perdre la feina, els ingressos regulars i els extraordinaris de les conferències a la universitat, a poc a poc vaig quedar-me sense luxes innecessaris, després vaig esgotar els estalvis, i fins ara he sobreviscut mercès a l'intercanvi dels meus coneixements d'enginyeria per serveis i provisions. Totes les necessitats, dificultats i renúncies que em van angoixar en aquella etapa d'empobriment econòmic les he guanyat en enriquiment humà. Vaig sortir de la roda i em sento satisfet, però això no m'eximeix de responsabilitat. Quan miro enrere, allò que més m'omple d'haver fet el pas ha estat poder entregar directament el meu temps a la Paula, en comptes de treballar per comprar el temps a una altra persona, i no haver estat mai sol, haver comptat sempre amb gent al seu costat, al meu costat, gràcies a l'amistat, a l'intercanvi o a la simple solidaritat. He establert relacions que valen més que....

Em retorna martellejant al meu cap el "per què?". Per què? Sento un buit immens, una profunda soledat. On són? Veuré mai més aquella gent que tant estimo? El cor palpita fora de compàs, irregular, taquicàrdic. Això que em passa no és un atac d'ansietat, sinó una prova d'humanitat. No tinc por de morir d'un infart, tot i que m'angoixa l'opressió que sento en el tòrax i el cap. Inspiro i bufo, omplo els pulmons i tusso, intento infructuoament posar el cap en blanc, i altre cop inspiro i bufo com he après, fent una bossa amb els palmells de les mans. Soc culpable i víctima de la meva, de la nostra irresponsabilitat. Bufo i rebufo i sento com s'infla el ventre i com bateguen arrítmics els polses a un i altre costat. A poc a poc prenc el control del meu cos, del meu cap. Acluco els ulls. Em sento satisfet simplement perquè he canviat.

De nou tot vibra, tot tremola i un so enèrgic, un barrabum gutural, em recorda allò que em va ensenyar el meu pare del seu, el meu avi, el qual havia viscut, o millor dit sobreviscut, a dues guerres. Ell deia més o menys així: "Mentre siguis viu, per molt malament que vagi tot, celebra-ho, perquè demà sempre pot ser pitjor. La darrera de les sortides és la mort". No és una frase gaire optimista, però el moment i el meu estat d'ànim em fan sentir l'optimisme com la banalitat que ha provocat aquesta fatídica situació.

Després que tot trontolli la porta de la meva veïna s'entre-obre i ella en surt plena de pols, ensutjada de guix. Els seus ulls esbatanats guarden l'infinit. Rere el llindar, passadís enllà es percep un buit, un esvoranc cap on s'ha precipitat cambra i llit i amb ells el cos de la Xesca, un avenc obert que em regira les entranyes. Sense paraules condueixo amb una mà empenyent per l'espatlla la Naima escales avall, a la cerca d'aixopluc i consol entre les parets que resten dempeus del que va ser la meva llar. Només creuar el portal em dirigeixo a la cuina, i aboco una mica d'aigua de la gerra en un pot per preparar unes infusions. Rutinàriament, el col·loco sobre el fogons i faig el gest d'obrir el foc per a escalfar-la. Necessito una til·la, necessitem una til·la. Només amb l'escalfor que em produeix la tebior de la tassa entre les mans em relaxo. El sabor de les herbes i la dolçor de l'estèvia em reconforten. Demano ajut a la Naima, ens cal fusta eixuta per fer una foguera, qualsevol cosa val, un llistó, un marc, un tauló... res no ens serà tan útil com el foc. En qüestió de minuts torna carregada de llenya, uns camals blaus pengen a un costat i d'una butxaca d'aquella peça de roba treu un encenedor de metxa.

—Són els pantalons de la Xesca

I sobreposant-se, plorosa i sarcàstica, afegeix:

—Aquest cop no l'importarà que li pispi el foc.

Soy yo quien trabaja, soy yo quien edifica, y he de ser yo
quien administre y quien dirija aquello que he creado.

Soc jo qui treballa, soc jo qui edifica, i he de ser
jo qui administri i qui dirigeixi allò que he creat.

FREDERICA MONTSENY

XII

Quan va morir la Paula feia temps que, malgrat la seva presència, malgrat el bategar del seu cor, se n'havia anat ben lluny. M'havia deixat, la trobava a faltar conscient que mai més tornaríem a abraçar-nos. Per això sempre he dit morir, perquè per parlar de la seva mort mai no m'han calgut eufemismes. Moria davant meu de mica en mica, a cada brot perdia més facultats, fins que va entrar en la letargia profunda del coma. Malgrat respirava ajaguda en aquell llit i, segons deien els metges, fins i tot pensava, podia ser viva una persona per sempre més immòbil i que no pot comunicar-se? En què pensava? En les seves nafres, en les seves llagues, en el supurar i la cremor d'unes pústules que no podia gratar, o bé devia pensar en com la seva musculatura s'havia anat tornant flàccida, en com s'atrofiava de mica en mica fins a desaparèixer tot el volum, totes les fibres sota la pell encetada? Desitjava que sentís l'escalfor del sol i les meves fregues, els poemes que li llegia i les cançons que li xiulava un dia i un altre esperant un remei màgic que d'altra banda sabia del cert que no arribaria mai. I després d'anys de carícies sense resposta, de cures sense resposta, de paraules sense resposta, de petons sense resposta, un matí simplement va deixar de respirar, va deixar de viure.

Recordo el funeral. Una cerimònia on va aparèixer gent que feia gairebé tant de temps com el que la Paula havia estat postrada en el llit que havia deixat de veure, el nom de la qual pràcticament havia oblidat, igual com la seva veu, la seva cara. No vaig voler fer el paper i simplement vaig ignorar-la. Unes poques eren prou, era un d'aquells moments en què la qualitat és més important que la quantitat, i a mi el pas del temps m'havia ensenyat amb qui podia comptar, qui de debò era important i a qui valia la pena fer costat. No volia ser cordial, ni educat, ni sociable. A mesura que la malaltia avançava moltes de les seves amistats, de les seves amigues, dels nostres amics van deixar de venir, van deixar de trucar, van deixar de mostrar interès. I avui eren aquí, sense saber què dir, per donar-me el condol simplement perquè era una convenció, perquè havien de ser-hi perquè la tradició així ho mana.

Res d'això no puc dir a la Naima, res d'això. La mort de la seva parella ha estat més que una mort sobtada, una marxa traumàtica. I totes les morts són traumàtiques, evidentment, també va ser-ho la de la Paula. Són els meus pensaments, m'agradaria explicar-li-ho però no és el moment, no toca ara. Cap d'aquestes reflexions ajudaran gaire. No és aquesta l'única mort que m'ha colpit, soc tan vell que he enterrat molta gent que estimo: tota la família, els amics de la infància i moltes de les seves parelles. Desenes de comiats, potser més de cent, vetlles i funerals. Es podria dir que en soc tot un expert, tant que si em quedés gent propera hauria pogut planificar al seu costat el meu propi sepeli, la música, els versos, les flors... fins i tot podria bromejar sobre el meu propi epitafi. I no, en un moment com aquest no sé què dir, no sé com fer-ho, encara no sé si és millor mostrar el que sento o restar callat al seu costat, així en silenci, conscient que el seu cap, com el meu, crida i brama sense pietat. Procuro ser a prop seu, receptiu, obert, disposat a escoltar allò que vulgui dir-me. En aquest precís instant només em té a mi, com jo només la tinc a ella. Ni ella ni jo sabem si podrem retrobar-nos amb les persones que coneixem, ni amb aquelles amb les quals ens reunim sovint, ni amb les que coincidim de tant en tant. On queden totes les afinitats, tots els secrets, les confidències i els records que ens havíem promès conservar?

A prop d'ella descansa el meu cos adolorit. Mantinc forçadament els braços estesos. Els meus ulls de miop emblanquits per les cataractes emeten senyals tímids, intermitents però evidents, si soc aquí és només per fer-te costat, és només per escoltar-te. La Naima segueix igual, asseguda al sofà amb les dues mans cobrint-se la cara. Els seus muscles estan encorbats endavant i taciturna gronxa, pendulant, enrere i avant, del llom al tors fins a la part més elevada del crani. No puc més, m'alço del seu costat i em dirigeixo al penya-segat sense barana de l'extrem de la sala.

—Si us plau, no marxi. No em deixi sola, necessito que segueixi al meu costat.

Retrocedeixo i novament m'assec, compartint seient amb aquella noia, fins fa poc una desconeguda amb qui de tant en tant ens creuàvem a l'escala. Quin mareig, el cap em roda, qui és ella? Què fa al meu sofà? Estic despert? Estic somniant? Estic desconcertat, desorientat, no em ve al cap res del que ha passat, només records de temps enrere, de moments que em sembla que fa molt que van passar. La noia s'apropa a mi, em pren pels braços, em mira als ulls. És molt bonica, molt bonica...

—Si us plau, miri'm. Es troba bé?

Les paraules m'han fugit, no em venen al cap. Recordo la Paula, com la vaig conèixer, la casa, la feina, les vagues, la platja, el mercat, moments feliços i tristos, quan vam sortir d'aquell maleït hospital, les imatges em venen i em van. Recordo quan dormia plàcida, i jo despreocupat, segura que l'endemà es tornaria a aixecar, recordo com va anar la malaltia... em pesa i em dol el buit de la seva absència, el tant que la trobo a faltar. Paula! Paula! I a poc a poc, tot torna lloc, em situo de nou, no és amnèsia, no és un oblit, ni un lapsus temporal, estic nerviós i preocupat. Faig l'esforç de recordar, i a poc a poc em ve a la memòria qui és i què ha passat però no aconsegueixo que em vingui a la llengua el seu nom.

—Gràcies nena, gràcies per ser al meu costat.

—Veig que estàs millor.

—Sí, no sé què m'ha passat. De cop m'he sentit molt confús.

—No pateixis, Madaix, jo també estic desorientada. Quan sortim d'aquí buscarem un metge que et pugui ajudar.

—Gràcies!

—De res. Parla'm, si us plau. Explica'm coses boniques, explica'm alguna cosa que per a vostè sigui important.

—Ei, de tu, si us plau. I què vols que t'expliqui?

—Com us vau conèixer?

—Qui?

—La Paula i tu, l'has estat cridant.

—És molt llarg d'explicar i han passat molts i molts anys, però me'n recordo bé, com si fos ahir, recordo fins i tot les olors i la por que vam passar en aquell portal. La vaga feia dies que durava, tot just entràvem en la tercera setmana. El carrer era ple de gent. Havíem organitzat piquets, caixes de resistència i hospitals de campanya. La por que vam patir aquell dia, en aquell vestíbul, enmig d'un barri policialment assetjat no l'oblidaré mai. Estava cagat, esperava que no ens haguessin vist entrar i que no ens descobrissin mai. Ella estava nerviosa i el neguit la feia xerrar. En aquella porteria el primer que em va explicar va ser la seva fascinació per les abelles. Sí, per a ella les abelles ho eren tot. Sempre que en tenia l'oportunitat en parlava, d'aquells insectes portadors de vida que pol·linitzen i regeneren, endolceixen i alimenten. Quan en feia esment li encantava destacar que eren animals socials i clarament jerarquitzats. Per cada reina, a qui la natura ha assignat el paper de procrear i de perpetuar la colònia, en cada eixam, hi ha unes cinquanta mil obreres. Dit així semblen moltes, recordo que deia, moltes obreres per cada reina, una desproporció bàrbara i exagerada. Explicava tot això per continuar la història fent un paral·lelisme cruel. Tingueu en compte, deia, que en aquest gran rusc que hem anomenat Terra, només unes poques desenes d'individus governen milers de milions de persones a qui sotmeten i menyspreen. Aquesta ínfima minoria, disfuncional i irrellevant biològicament parlant, ha arribat a acaparar la mateixa quantitat de recursos que tota la resta, i ni tan sols produeix gelea. El seu únic paper és acumular riquesa per perpetuar-se en el poder, desposseir i acaparar, condemnant a la fam, a la malaltia, a la misèria, a la mort part important de la seva espècie. No hi ha cap més paràsit en tota la biosfera insaciable com aquest. Cap altre ésser ha estat capaç de provocar als éssers vius i al planeta tant de mal, cap altre organisme ha dirigit contra la seva pròpia espècie un genocidi conscient i sistemàtic com ho estan fent aquestes sangoneres. I ja ho veus, feia curt amb tot plegat.

—Veritats com a punys, pesades com temples. Era una nena, jo devia tenir vuit o nou anys i encara que fos molt petitona aquells temps em van marcar. Van ser molts dies sense escola. La mare i jo ens quedàvem a casa, despertes fins ben tard. La mare i jo soles esperant neguitoses la tornada del pare, que feia de voluntari en un d'aquells hospitals. Jo me'ls imaginava semblants a les haimes del Sàhara que havia vist retratades, però equipats amb lliteres i quiròfans, tendes de lona blanques amb tot perfectament arrenglerat i disposat. Quan de gran n'he vist imatges he pogut entendre la magnitud del que va passar. Mon pare va estar setmanes carregant ferits amb contusions greus, caps oberts i tíbies trencades en aquell soterrani fosc, antic aparcament comunitari, que ara feia de consultori de primers auxilis, d'institut traumatològic i de clínica ambulatòria. Quin moment per conèixer la seva dona!

—Les coses s'havien anat posant lletges, cada cop més lletges. Els qui no ens agrada la violència començàvem a acostumar-nos a veure disbarats i a respondre amb altres disbarats. Resoldre errors amb altres errors. Els que hi estan avesats, els que gaudeixen fent mal i destruint s'havien apoderat de la lluita. Era l'única opció possible davant l'escalada ultraviolenta que aplicava, contra qualsevol que sortís de la zona controlada pels piquets, la direcció de la policia, un comandament que havia imposat llurs receptes sanguinàries a la reacció més moderada. Nanos joves com nosaltres, però uniformats i armats fins les dents, ens impedien el pas i ens volien forçar a retornar a la feina. Ells treballaven a preu fet, nosaltres els donàvem la feina omplint els carrers. Érem una multitud i ells, serfs d'ombres nítides que protegien el seu estatus, el seu poder i l'herència de la història, ens imposaven la seva dinàmica. Però aquell cop no ho van entendre, la torna havia canviat, ja no anava de resistir, es tractava de vèncer. Així que la multitud es va armar, i el xoc va ser brutal. Preparació i disciplina contra ràbia. L'equilibri, malgrat tot, no permetia avançar ni retrocedir i l'escabetxada fou salvatge.

—Mon pare arribava a casa abatut. Mentre ells s'ho miren la gent del poble ens matem entre nosaltres, deia.

—Totalment d'acord, a aquells desgraciats els havien fet un rentat de cervell, una lobotomia. Però eren com nosaltres, havien nascut i vivien als mateixos barris i anat a escola amb nosaltres. Els havien xuclat l'ànima i els havien convertit en robots, poderoses màquines de matar entrenades per obeir sense pensar. Malgrat tot, el sou que rebien els forçava a seguir compartint barri i escala de veïns amb nosaltres, les mateixes persones que matxucaven al carrer. I va esclatar, definitivament era inaturable. Les comunitats on reconeixien antiavalots directament els repudiaven. Es va filtrar i fer pública una llista d'adreces i més d'una persona que havia estat masegada, rebregada, vexada va decidir que la millor manera de fer justícia era venjar-se. I el foc es va estendre per la ciutat, arreu van cremar cotxes i cases. La sentència «Sabem on vius» es va estendre, amenaçadora, en mil formes i colors, pintada a moltes façanes. Per sort les seves famílies, especialment les seves dones i les seves mares no havien estat ensinistrades. I van ser elles, les úniques que podien posar fi a aquell disbarat, les que van fer de mitjanceres per acabar amb la barbàrie. No oblidaré mai aquell dia. L'adrenalina i la certesa d'estar seguint l'únic camí possible, la darrera opció que ens quedava, era l'antídot que ens permetia restar ferms davant d'aquells animals disposats a escorxar-nos com bèsties. De sobte els cants amb veu de dona des de la nostra esquena avançaven cap als antiavalots, de dret cap als seus marits, germans i pares. Davant la perplexitat de la guàrdia pretoriana, vam obrir un passadís, pel qual van passar aquelles dones que es van interposar entre ells i nosaltres. Per sorpresa del contrari, la por canviava de banda. Una d'elles va prendre un megàfon per arma i simplement va demanar calma. "Els enemics d'uns i altres són lluny, ben lluny del camp de batalla". Els ulls li brillaven com estrelles. "Un dels meus fills és un dels uniformats i la meva filla és just a l'altra banda".

—Així la seva dona, la Paula, era una d'aquestes familiars de policies que es va mobilitzar?

—No, va ser més tard. Després del replegament i dels acords de pau. Després que tanquéssim línies i arribéssim a aquell acord, que una vegada més era un engany. Ella treballava en un d'aquells habitatges d'acollida per a exdones de policies que es van gestionar des de la comunitat. Com deus imaginar-te, algunes d'aquestes dones van patir agressions per part dels seus marits i vam haver de protegir-les a elles i les seves criatures d'alguns bàrbars que no van pair el que havia passat. Tenia tanta força, tanta energia, la seva empenta, la seva veu em va deixar fascinat, i a més la trobava tan atractiva... Sempre deia "sort d'elles, sort d'aquelles dones valentes", si no hauria començat una guerra i potser no hauria acabat encara.

—El pare de la Xesca va néixer en una d'aquestes cases. Va viure-hi poc temps, perquè quan van imposar el règim de visites van amagar-se en un pis vell als afores, amb la seva mare. Parla molt bé de l'atenció que va rebre aquells anys per part de persones com la Paula. Pot estar-ne orgullós. No sé on deu ser, què se'n deu haver fet ara. S'estima la Xesca tant com jo, si encara és viu defallirà quan ho sàpiga. No vull posar-me així —deia, fent el posat d'estar sencera, mentre s'eixugava les llàgrimes.

—si us plau, segueixi'm, segueix-me parlant. Explica'm què has volgut dir quan has dit que l'acord era un engany.

—És llarg d'explicar i difícil. Ha passat molt de temps, ara bé hi ha detalls que mai no podré oblidar. L'eufòria s'escampava per les places. Fins i tot la gent que s'havia quedat a casa de braços plegats se sentia guanyadora d'aquell combat. Havien anunciat que acceptaven les reivindicacions. Mentre ho estàvem celebrant van fer aquell desplegament brutal, van prendre els carrers i van decretar l'estat de setge. En la primera hora van ser detingudes centenars de persones. Conscients del que ens esperava si restàvem aturades, vam tornar a sortir a ocupar cada carreró, a tallar cada avinguda, a resistir en cada cantonada, i aquell cop vam mobilitzar tothom. I el xoc no es va fer esperar. Van concentrar i escampar tot el cos policial i forces militars especialitzades. Però la gent no ens vam rendir, sabíem que les primeres hores eren clau, i que si ens fèiem enrere tot se n'anava a Can Pistraus. No podíem arronsar-nos, simplement perquè si ho fèiem tot aniria a pitjor. El joc de l'engany va provocar tal rebuig que ja no en teníem prou amb un acord, ara exigíem el seu cap. Per primer cop en tota la vida les condicions presagiaven un canvi total, perquè la derrota no formava part del nostre imaginari. La tensió va anar a més i els cops van ser d'anada i tornada. Les baixes es comptaven per centenars i les morts per dotzenes. Mentre van durar els avalots, ningú va tenir temps de plorar els seus morts ni de lamentar-se per la caiguda de les companyes. Sort d'elles, sort de les dones valentes de policies i militars, sort de les seves mares, si no la guerra civil potser duraria ara. I aquí és on vam cagar-la. Quan la truita va girar-se, quan tot estava a favor nostre, no vam donar el cop de gràcia i vam decidir, bé van decidir en nom nostre, reprendre el diàleg. I nosaltres ho vam acceptar, i ho vam ratificar per majoria. No podíem més, és cert, si allargàvem el conflicte corríem el risc de perdre. Tanmateix era cert que dialogar amb qui era responsable d'aquella massacre era pervers, i tot i el que havíem après i tot i entendre que era l'únic camí per acabar amb aquell bany de sang, em va semblar que reproduíem un disbarat. Encara avui dubto de quina era la millor opció, però estic convençut que ens van enredar i vam acceptar l'engany. Vam acordar un augment considerable del sou mínim i millores salarials per a tots els sectors, sense adonar-nos-en que aquell règim assalariat que protegíem estava extingint-se com les balenes i els repicatalons, les llúdrigues i els lleons. Un altre dels pactes va ser el manteniment de les pensions, d'unes pensions que havien anat minvant de la mateixa manera que havien minvat les cotitzacions. Mesures que anaven acompanyades d'una renda garantida mínima per a tothom, aquesta era la pedra de toc. Vam pactar que no hi hauria represàlies i que ens deixarien en pau. D'ara endavant la ciutat seria nostra i també seria nostra tot allò que guanyéssim en vots. Les presons es buidarien i es jutjarien tortures i assassinats. La insurrecció havia durat nou mesos, per això vam dir-ne l'embaràs, i el part només unes hores, que vam anomenar sarcàsticament capitulació. La criatura no tenia nom, cap dels escrits fins al moment valia i simplement la vam batejar com la Filla de la Revolució. Qui guanya les eleccions fa la llei, aquest era l'acord, i nosaltres érem i seríem majoria perquè la riquesa cada cop s'acaparava en més poques mans. Però no vam entendre que la ciutat ja no els interessava, ni tampoc els importaven els vots. Per seguir manant sense vots, imposant el seu poder, ja no necessitaven posseir els recursos bàsics, en tenien prou amb contractes de concessió i de gestió. Amb els recursos secundaris mantenien el control. Podien seguir traient suc a la terra, esclafar-nos i sotmetre'ns simplement acaparant, o reduint, o portant al límit fins a l'extrem l'abastament, amb la inflació o la deflació. Seguien controlant la propietat i la producció, i alimentant-se del nostre infortuni com ho fan els voltors.

—Dit així sembla que no va valdre la pena. Fins ara en tenia una altra impressió.

—I tant que va valdre la pena, el que va passar és que no va ser prou. Vam tenir uns anys tranquils, de progrés i prosperitat. Les condicions de vida eren més bones que mai i el crèdit i el consum van tornar, va ser el renaixement de l'Estat del Benestar. La roda girava i la riquesa es distribuïa millor, tothom, bé gairebé tothom, o això deien, guanyava altre cop. Només quatre veus emprenyadores com jo recordàvem els límits planetaris, i per molt que cridéssim que no era això, ningú escoltava la nostra cançó. No es tractava de consumir més, sinó de fer-ho menys i millor, i de repartir perquè n'hi hagués per a tothom. El remei, el tractament que estaven aplicant acabaria produint una metàstasi. Simplement amagava els efectes de la malaltia, suposava que el col·lapse es produiria de cop. Altre cop la natura, aquell organisme viu del que formem part es deixava de banda, es posava a un costat, al marge, o en el millor dels casos al nostre entorn. Les màquines reprenien el ritme, treball i diners, ego i present, consum i satisfacció. El nou cicle de creixement ho era tot i el soroll i la sordesa de qui no vol escoltar ofegava les veus i els senyals d'un planeta que ha dit prou. I es van passar per alt les advertències de la ciència, i es van titllar de catastrofistes totes les projeccions, la tecnologia era el nou Déu i de la seva mà vindria la salvació. I en aquest escenari d'augment de la demanda i de la producció, van ignorar totes les recomanacions i van silenciar les lluites i fer cas omís de les reivindicacions. Per si no en tenien prou amb la repressió i la desconnexió van convertir els judicis del cop en un xou. Tothom tenia la mirada posada en aquells judicis. I com en la vella Roma tot tornava a estar a disposició, pa i circ, cervesa i futbol, panxa plena i ment distreta. Sembla mentida, però després de nou mesos de vagues, plegar de la feina per comprar i seguir aquells judicis, com si res no hagués passat, era l'únic focus d'atenció, la principal motivació.

—N'he sentit a parlar molt d'aquells judicis. Processos de peniment, restauració, perdó i reconciliació. Era el que es deia, oi?

—Com ho saps?

—La Xesca. Li encantava la història i la política.

—Els judicis van ser un teló de fum, una farsa i només van caure titelles i psicòpates, cap de les ments que havien planificat i dirigit aquell guió va pagar cap pena. Només càrrecs intermedis, buròcrates de pa sucat amb oli, algun militar i policia que havia anat més enllà de les ordres i un parell de ministres van carregar-se amb la responsabilitat de tot. En el fons caps de turc que en general, a excepció d'un parell d'escarments exemplars, van ser sentenciats amb lleus condemnes. No va seure a la banqueta cap gran accionista, ni dirigents d'empreses multinacionals, ni de fons d'inversió, ni membres de les patronals, ni cap alt càrrec dels ministeris responsables d'aquell cop. Perquè havia estat un cop, dissenyat des de la Patronal i executat des dels tribunals, però un cop. Ni uns ni altres van acceptar els resultats i es van limitar a suspendre les lleis que anava aprovant el Parlament d'acord amb el programa pel qual havia estat escollit el Govern. Es tractava d'obstaculitzar, d'impedir desplegar les propostes que la gent havia votat. Es tractava de mantenir i sostenir el model, utilitzant els ressorts del sistema perquè tot restés immutable, perquè res no canviés. Justificaven la invalidació de la voluntat popular en el compliment d'uns vells acords, d'un pacte entre capital i treball, entre explotació i producció. Un vell acord que els havia permès acumular prou per concentrar tot el poder, comprar voluntats i remoure governs. Els governs, en un primer moment, van canviar les cares i van canviar els noms i van posar-ne de nous. Havien estudiat a les mateixes facultats i havien après les mateixes veritats. Creixement, aquest era l'únic dogma. Passada l'eufòria, la plena ocupació promesa no arribava, el creixement s'havia estancat i les pors es van reprendre de nou. El govern "revolucionari" sortí a la palestra demanant calma, parlant de les dificultats i dels esculls del procés, interpel·lant a l'esforç, a la cooperació, a l'audàcia i l'emprenedoria per una millor competitivitat. Polítiques progressives, moderació... nous productes i consignes inundaven els mercats, aquests no eren els nostres valors. Ja està, s'ha acabat, el lliure mercat s'ha imposat, sempre venç el Leviatan, volien fer-nos creure, i que d'aquesta manera la gent passés de l'eufòria a submergir-se en la submissió. I vam caure en el parany. Vam tancar files, vam replegar-nos i vam abandonar els espais on es definia, amb carregoses i complexes lleis la política general. Vam deixar de fer el corcó i d'aquesta manera els vam deixar fer, tot un camp per córrer sense destorb. Vam renunciar a agitar, vam renunciar a remoure, a marcar-los de prop. Vam oblidar aquell principi fusterià elemental que afirma que "tota política que no fem nosaltres serà feta contra nosaltres". Vam sortir corrents de la trinxera i vam recular alegres fins darrere de la nostra barricada, on ens trobàvem a gust al voltant de pancartes, llibres i cançons. Alliberats els riscos i descartades les contradiccions, tornàvem a cridar des de l'espai que tant coneixíem i en què tan còmodes ens sentíem de l'altra banda de la muralla. Aquelles majories incòmodes que ens haurien permès transformar van esfumar-se, van reconfigurar-se i van tornar a situar el govern en les mateixes mans que ostentaven el poder. I el següent pas ja el coneixes: frustració i desmobilització. Psicologia social, una arma de guerra capaç d'ensorrar les voluntats més fermes, de sotmetre els pobles més lluitadors, de fer transitar del camí cap a la victòria la més immobilista resignació. La frustració només es combat amb la fe i l'esperança que podrem sortir-nos-en perquè la raó és amb nosaltres i tenim la capacitat i la força que ens cal per transformar. I això només pot passar si deixem de lamentar-nos, si ens convencem que res no s'ha acabat, que tot pot tornar a començar, i que allò que hem après dels errors comesos ens ha ajudat a avançar. Ens en sortirem si som capaces de fer caure la bena dels ulls. Com en qualsevol revolució, allò imprescindible era entendre quin era el mecanisme de la dominació. Podíem votar cada quatre anys, però cap govern podia fer allò que s'havia compromès a fer en campanya. I per a més inri aquest búnquer que protegia els poderosos era el mateix marc que regulava la democràcia. Sempre hi havia límits, estaments i lleis superiors disposats a defensar, com en un estat feudal, els senyors. Estaments i lleis que, sense pausa i per tots els mitjans, havíem d'enderrocar. La presa no havia d'immobilitzar-nos. Sumarem forces altre cop perquè l'única sortida és vèncer, aquesta era la consigna que havíem de creure, aquesta era la llavor que havíem d'escampar. Seguirem! perquè seguir era l'antídot.

Els ulls d'en Madaix esclataven, el seu rostre brillava de felicitat, i callat rememorava el passat. Reviure aquells moments el rejovenia, reviure aquells moments el feia gran.

—Encara no m'ha explicat com va conèixer la seva muller.

—Sí, tens raó. Sempre me'n vaig per les branques quan parlo d'allò. L'Embaràs Revolucionari va marcar-me a mi i a tota una generació. Sense explicar-te això, és difícil d'explicar com vam conèixer-nos la Paula i jo. Era un matí sec de tardor, recordo perfectament aquell maleït anticicló. L'estació de tren estava col·lapsada, i arribaria tard el grup de dones que venien a la formació. Suposo que ja saps que llavors tothom anava amunt i avall i es desplaçava constantment de forma absurda del lloc de treball al lloc on dormíem. La lògica de la regulació no va imposar-se fins que la crisi del petroli va ser tan evident que el preu de la benzina va multiplicar-se fins al punt que va deixar de ser accessible per a la major part de la gent. El que per si sols els avisos del tomb climàtic, els continus episodis d'elevada contaminació i els advertiments meteorològics no havien estat capaços de fer, enfront la ineficiència del mercat i el model insostenible d'una mobilitat extrema que crèiem que no tenia solució, l'increment exponencial del preu del carburant va imposar-ho en poques setmanes, mesos potser. I la gent, després de quatre dies d'avalots i revoltes va resignar-se a una realitat previsible per la qual pràcticament ningú s'havia atrevit a prendre les mesures suficients d'adaptació i transició. I del preu inabastable vam passar al desproveïment, i d'allí al racionament i a aquell estraperlo i visible corrupció que multiplica encara més el preu i el malestar per la situació. Tot es retroalimenta en una especial conjunció, en una espiral... Perdona, que me'n vaig altre cop. Com que les dones no arribaven, la responsable del grup em va comunicar que no calia que les esperés, ja que no podrien agafar el tren perquè no podien entrar a l'estació. En el missatge em deia que li sabia greu i que estava dolguda, ja que seria difícil que obtingués pressupost per cobrir el desplaçament de totes altre cop i em demanava que fos jo qui em desplacés fins a la casa d'acollida. Vaig dir-li que ho lamentava molt, però que m'era impossible, de manera que vaig proposar-li de trobar-me amb ella i transmetre-li a ella la formació, si es veia capaç d'actuar com a corretja de transmissió. Va acceptar la invitació. Quan vaig veure-la vaig quedar parat i vaig alegrar-me'n molt. Com deus imaginar-te, aquella dona era la Paula. Em sembla que ja t'he dit abans que l'havia coneguda amagat en un portal, la tercera setmana de la vaga. No m'havia pogut treure del cap el moment en què aquella total desconeguda i jo ens havíem fet passar per una parella d'amants que, agafats per la cintura, anaven escales amunt, per distreure l'atenció d'un policia que havia enganxat el nas al vidre de l'entrada. Es tractava de salvar la pell i la improvisació, sense assajos ni paraules, havia estat una genial interpretació. El que més recordava era la sensació que havia sentit al fregar el seu cos i la subtil olor de por de la seva suor. Una olor agradable que em va agafar totalment desprevingut i em va captivar. Jo no vaig badar boca, pràcticament. No sé si va ser el contacte el que va deixar-me atordit com un cop de calor, aquella olor, o la seva veu. Encara ara recordo la barreja entre desig, vergonya i terror. Doncs això, la dona que va venir a la formació era ella i aquell cop no vam poder estar-nos-en i vam garlar i xalar i riure i se'ns va fer tard després de tot. A poc a poc vaig anar coneixent-la. Admirava la seva força i la seva humanitat, la seva entrega i el seu amor cap a tothom i cap a tot. Sense oposar resistència vaig deixar-me enamorar totalment ànima i cos. I vam quedar un cop i un altre, estàvem tan a gust tots dos.

Iris i ninetes d'en Madaix van disparar-se enlaire, cloqué les parpelles i amb la mà esquerra es fregà els ulls i es cobrí el rostre recolzant el cap damunt el palmell. —

—Com l'estimo i com l'enyoro. Perdona'm, no vull posar-me nostàlgic ara.

.

MURS I BARROTS

*Etre libre, ce n'est pas pouvoir faire ce que l'on
veut, mais c'est vouloir ce que l'on peut.*

Ser lliure no és pas poder fer allò que un
vol, sinó que és voler allò que un pot.

JEAN PAUL SARTRE

XIII

Els assignaren una tenda al bell mig del camp, estava situada en una cruïlla a tocar de la plaça central. La barraca de lona disposava de dues lliteres encarades i un espai intermedi on hi havia una taula senzilla i quatre cadires plegables. Tot era nou, però tenia una imatge antiquada i un caire brut i humit que incrementava el dramatisme d'aquella planura aïllada, on es concentraven milers de persones deportades, internades contra la seva voluntat.

—Podeu descansar.

Semblava que dos dels llits d'un costat estaven ocupats, de manera que van situar-se damunt dels que quedaven vacants. Tot i l'angoixa, no van trigar gaire a dormir, estaven exhaustos.

De sobte rialles i crits despertaren en Carles.

—Malparit, què hi fots tu aquí? Ets la darrera persona que esperava trobar-m'hi. Pensava que eres més llest.

—Merda! Si tu ets aquí, qui ens en traurà? —digué en Carles mentre encaixava la mà i s'abraçava, sincer, a aquell individu esquifit i alt.

—Quina alegria veure't aquí. Ara ja sé que ho podrem fer, que volen que ho fem, encara que no cregui en Déu, hi ha alguna força que ens està ajudant.

—Fer el què? —interrompé la doctora.

—Òscar López, el millor dels nostres homes. La doctora Tània, una cooperant amb molta empenta —els presentà en Carles.

—Leonard, com un germà per a mi. Vam arribar junts i estem junts. Sembla que alguna cosa els falla i no ens han pogut identificar, si no, no entenc res. A més, és estrany, però aquest camp no és pas un exemple de seguretat. Sempre repeteixen les mateixes rutines i sempre deixen els mateixos forats. És com si els agradés jugar al joc del gat i la rata, fa vuit dies que hi hem arribat i cada dia hi ha fugues pels mateixos punts. Hi ha pocs vehicles pel nombre de persones que som aquí tancats, i pel que fa a la seguretat, tot i ser-hi molt present, fa la impressió que no estan per la tasca. Heu arribat just a temps, demà mateix provarem de marxar i aquest cop ho farem un grup gran. Si hi ets tu, el mestre del sabotatge, ja no em preocupa que ens segueixin. A més, avui hem sabut, per part d'un dels guardes, que han esclatat revoltes duríssimes a Amèrica del Nord i a diversos punts d'Europa. No hi ha pietat, és com tot el que vam aprendre d'altres experiències, però més semblant als llibres de les Revolucions Russa i Francesa, sense guillotina, ni grans armes, ni soviets. Pràcticament amb ungles i dents. El poble, i alguns soldats estan anant a cercar a grans accionistes, banquers i polítics del règim, també militars d'alt rang i periodistes que han treballat pel sistema. Les turbes els tanquen a les casernes i a les presons i en judicis populars els sentencien a mort. Els acusen de genocidi programat per enriquiment il·lícit i acumulació insolidària. No els permeten al·legar desconeixement, atès els centenars, potser milers d'informes que durant més de cent anys han redactat reconeguts científics de prestigi per a diversos organismes internacionals.

—El moment que esperàvem? —digué en Carles.

—Ben segur! —S'afegí a la conversa en Leonard. —Ben segur, però arriba tard, molt tard. Quantes vides ha costat tot això? Massa dolor i massa sang ha estat necessària per fer vessar el got. Els indiscutibles efectes de tot plegat fan palès que aquells il·luminats que defensaven la postura de com més malament millor estaven rotundament equivocats. Aquest és un moment difícil en què ho podem guanyar o perdre tot. Hem patit tant de dolor i som tants els que hem patit el seu poder que fins i tot aquí alguns guardes estan esperant el moment per afegir-s'hi. Cal tenir molta cautela, ja que l'oficial i un gruix important de la seguretat del camp són afins al sector més dur del règim, però

Vaig demanar paper i bolígraf i van entregar-me uns llapis ben esmolats i una petita llibreta. I així tot sol i fotut, clos i allunyat del món, vaig tancar els ulls i vaig començar a construir una història. La meva història. La foscor d'aquelles parets gruixudes i la sensació de disposar com mai de més temps lliure del que em calia, permetrien preparar el meu propi testimoni, la meva pròpia defensa. Per primer cop s'aturava el rellotge i tenia la possibilitat de fer balanç, de forçar la memòria i pensar. I vaig començar a elaborar la meva història, partint d'històries d'altres que s'havien creuat en el meu passat més recent.

Aquells murs de càstig no em permetien volar, no em deixaven concentrar-me per redactar tal com eren, o el més proper al que havien estat, les vivències i experiències del passat. El dubte m'assaltava impenitent per un instant. Realment tot el que he fet ho he fet per convenciment? Realment estic convençut d'haver actuat d'acord amb les meves idees? De fet no em sento innocent, aquesta és una paraula aliena a mi. Jo soc responsable, al costat de les circumstàncies, de tot el que he fet. No en soc l'únic responsable, evidentment, ni l'únic ni el principal dels responsables, únicament un responsable més. I davant del dubte, davant l'angoixa de l'oblit i de les paraules que marxen i no tornen, ho vaig escriure, així tal com raja, en aquests fulls al costat de dibuixos imprecisos i d'inconnexes anotacions.

Soc, començaré quan em facin declarar, en Mamadou Touré, els amics em coneixen com a Mama, i els companys que no em coneixen em diuen Espartacus. He nascut en una gran ciutat d'Europa que no ve al cas, una ciutat que em va excloure i rebutjar, una ciutat en la qual ningú no em trobarà a faltar. Tampoc no em trobarà a faltar ningú al poble del meu avi, un poble del qual he oblidat el nom, en el qual només he estat un cop. Un petit poble que ha desaparegut calcinat per les guerres i saquejat per trobar-se on no toca, un petit poble que estimo i que guardo, al costat de l'olor de la iaia, en el fons del meu cor. Això sembla que no tingui cap importància però no podeu jutjar els actes que he comès com a home sense conèixer les causes que m'han impulsat a cometre aquests actes.

Després de la mort del meu pare vaig abandonar la ciutat i el país que m'havia vist créixer sense gaire trasbals. No hi tenia res i vaig iniciar la cerca de mi mateix fent el trajecte invers al camí que va emprendre l'avi. L'Àfrica em va captivar i em va colpir. Era tan diferent a tot allò que m'havia imaginat i, tanmateix, tan versemblant, tant, d'acord amb tot el que m'havien explicat. L'Àfrica s'assemblava més a l'infern que al paradís que havia somniat, un infern etern, perpetu, situat enmig de l'Edèn. Com podia ser? No podia entendre, ni suportar aquella desavinença, aquell trencament entre les riqueses més exuberants i la misèria més extrema. El dolor i la ràbia, altre cop la ràbia i la impotència.

Vaig caure en el desencís més fosc, del qual només em treien les drogues, moltes drogues per no pensar i anar ben col·locat per suportar l'impacte i la duresa, per no fer-me preguntes, ni plantejar-me respostes; per no odiar, ni estimar, i quan em despertava altre cop tot, altre cop; només tenia quinze anys, i tot allò era massa per a mi. No entenia res, qui era jo? On encaixava jo? Què hi pintava jo allí? On era la meva llar? I la meva gent? *Déjà vu*, cada matí *déjà vu*.

Ben col·locat, fora de mi, em recollí del carrer una dona que va dir que em coneixia.

—Ets igual que el teu avi, Mamadou. Soc la iaia.

I amb aquestes paraules em va ajudar a jeure en un catre mentre amb els dits m'amanyagava els cabells. Em va acollir a casa seva i em va fer totes les moixaines que em mancaven. En un parell de mesos jo estava restablert i dies més tard l'àvia va emmalaltir.

Al llit de mort em digué:

—T'he estat esperant tota la vida. Sé que faràs coses grans. Torna, torna a Europa, perquè allà necessitarem soldats per la llibertat de l'Àfrica.

No em podré treure mai del cap la vitalitat del seu agonitzar. Després de la seva mort vaig partir, no en podia dir retornar, immediatament cap a Europa. Les darreres paraules de la iaia i les seves festes d'abans em van fer renéixer, tot descobrint el perquè, una raó, unes passes enrere per mirar endavant. D'ençà d'aquell moment vaig posar-me a estudiar de valent, la meva fita era entrar a l'acadèmia per ser un "soldat per la llibertat de l'Àfrica". A l'edat de divuit anys em vaig allistar en un cos especial. Estava més fort i més motivat que mai.

Al poc temps vaig adonar-me que per més que ascendís, difícilment podria fer des de l'exèrcit allò que m'havia proposat. Mai no arribaria a general, només seria un esclau de la llei, dels diners i de la doctrina militar. M'havien preparat per obeir, m'havien format per complir ordres sense preguntar. Després d'allò, em vaig sentir decebut, no seria mai un "soldat per la llibertat de l'Àfrica". M'havia convertit, sense voler-ho innocent de mi, en el contrari del que havia decidit. En una mena de botxí, en l'ombra allargassada que sosté els imperis, moneda de bescanvi, pau per justícia, por per llibertat. I la mirada de la iaia, aquells ulls llampegants, eren l'única raó per persistir i resistir.

Fins que aquell dia va venir a la caserna un nou instructor. Treballava per una companyia externa, una gran empresa minera, amb presència en tots els continents i relacions amb desenes de governs. Una empresa que extreia tota mena de minerals, gemmes precioses i combustibles arreu. Petroli, sofre, mercuri, or, plata i gas, i que havia d'iniciar una nova activitat per a la qual necessitava urgentment personal militar experimentat. Ens va explicar les virtuts del nou model de seguretat mixta que estaven implantant, finançada a parts iguals per la companyia i per l'Estat, amb l'objectiu de protegir interessos estratègics multinacionals. Ens va parlar del nou pacte, del nou Leviatan. En aquells moments no coneixia què volien dir aquelles paraules, així que només vaig entendre que no seríem militars, tampoc civils i estaríem sotmesos a un règim especial. El salari seria com el de l'exèrcit, els complements serien més suculents i disposaríem de més permisos. Pràcticament, tots els homes que vam assistir a la formació vam acollir-nos a l'opció que ens estaven plantejant. Poc que sabíem que aquell del qual passàvem a formar part acabaria sent l'exèrcit més gran i poderós del món. Poc que podia imaginar llavors que els mercenaris del present, que els corsaris en què ens hem convertit i el poder global serien dirigits per apàtrides al marge dels estats, des de paradisos fiscals.

Des d'aquell moment, des del moment que vaig escoltar la proposta, vaig veure clar el meu paper, el meu futur, com a "soldat per la llibertat de l'Àfrica". Sense dubtar-ho ni un moment, tot i saber que ho arriscava tot, vaig tenir present aquella oportunitat. El món estava convuls, un ampli moviment internacional s'oposava frontalment als interessos dels accionistes de l'empresa i en bloquejava les opcions d'expansió i creixement. La gent era conscient que l'escalfament global i el canvi climàtic eren un fet i n'estaven patint les conseqüències. Nuclis organitzats estaven aturant tots els projectes nous que la minera volia explotar. No tan sols això, el sabotatge també estava dificultant l'extracció a plataformes terrestres consolidades. Era una oportunitat i no la deixaria escapar. Bé valia la pena donar la vida, com m'havien ensenyat, si calia, per la llibertat del món, per la llibertat de l'Àfrica.

Així doncs, des del primer dia vaig obeir la meva consciència i les seves ordres en un clar desordre entre llei humana i llei natural, acció i reacció, seny i pensament. Va ser dur oferir-me voluntari per les tasques més repressives, i vaig anar ascendint, cap d'escamot, cap de brigada. Si el grup del qual se m'encarregava un seguiment o una detenció era inofensiu els deixava fer durant un temps breu fins que els impedia cap mena de moviment. Procurava de fer-me visible i de coartar les seves accions fent evident la nostra presència. Si eren tan maldestres que no es donaven per al·ludits els encolomava un mort prou gran com perquè tinguessin temps per aprendre a la presó. Amb aquells que formaven comandos organitzats i eficients procurava mantenir una comunicació fluida per facilitar-los la tasca. La meva feina era ben senzilla, tot es reduïa a resultats, calia una xifra mensual d'empresonaments i sempre hi havia peons inútils a sacrificar per garantir aquests resultats.

He estat fent de sotsoficial a diversos complexes miners, centrals de fractura hidràulica i plataformes de gas. Quan he conegut cada pam del terreny i hi he reconegut els punts febles els he comunicat amb la màxima precisió i fidelitat. La fidelitat d'un traïdor, que dorm tranquil amb ell mateix, i es desperta segur i convençut del que fa. Després he demanat el trasllat. Encara recordo els efectes de la primera comunicació d'Espartacus a la resistència local. Temps, guanyar temps, endarrerir els seus plans, ajornar la destrucció del planeta, fins a la nova era de justícia global. Aquesta era la consigna i aquest era el meu paper. Aparentment un militar al servei de la companyia, però de *facto* un soldat en defensa d'una altra causa, un quintacolumnista compromès amb la llibertat.

Mentre vaig estar fent de guardià a l'explotació per fractura hidràulica que ha deixat pas a la terra erma, el meu contacte fou en Carles, el partisà que ara m'ha ajudat a alliberar el camp. Tot i no haver-me vist mai el rostre, m'ha de reconèixer la veu. Vam parlar pel capbaix una dotzena de vegades. Ell explicarà com un cop i un altre vaig informar sobre quin era el millor punt i quan colpejar. No vam aturar el pla, però sí vam aconseguir endarrerir l'explotació el temps suficient perquè suposés unes greus pèrdues per a la companyia, les pèrdues que, sumades a d'altres pèrdues, l'han enfonsada, l'han fet ensorrar.

I paradoxalment els diners han anat perdent valor a mesura que l'energia s'ha anat encarint. Com en els imperis antics d'Amèrica, en què la sobreexplotació del blat de moro va enderrocar la tirania del blat de moro. Ningú pot esperar sostenir ni mantenir un exèrcit de franc. Amb la fallida de la moneda els pilars es van esquarterar. L'enverinament de la Terra va acabar de fer miques el que restava dempeus. Totes les divisions de la companyia estan formades per homes amb família, que respiren el mateix aire i que beuen la mateixa aigua que la resta d'humans. La situació per a alguns s'ha fet insuportable quan els propis germans els han odiat i rebutjat. Bé és cert que els diners tot ho silencien, però quan hem deixat de cobrar els impagaments han conduït a protestes, i les protestes a motins, i els motins a revoltes, i les revoltes han fet que una majoria s'afegeixi a la revolució global. I quan han deixat de cobrar, o han vist reduir les seves comissions jutges i fiscals i polítics corruptes en governs d'aquí i d'allà, s'ha esfondrat tot com un castell de sorra enmig del mar.

Som peons, i cavalls i torres que es renoven constantment en una partida d'escacs on els reis fa temps que han deixat de jugar. Molts com jo fa temps que han mogut fitxa i avui són bandolers o pagesos, saquejadors o artesans. Per això era conscient que quan arribaria el moment es trobarien sols. I el moment ha arribat i ni tan sols els alfils estan disposats a caure per ells. Moltes parts del tauler han quedat inservibles per al joc, molts peons han deixat la partida, però al final farem un doble escac i mat.

La meva experiència em deia que l'oficial en cap preferiria centrar-se en la ciutat, ja que era en aquell àmbit on els informes identificaven el grau més alt de confrontació i per tant el nivell màxim de risc de revoltes i la més alta probabilitat d'acció en un estat d'excepció que diposita tot el poder en les forces militars. El meu coneixement de la història em diu que després de la devastació els pobles queden en estat de xoc, noquejats, estabornits, i que es tornen incapaços de reaccionar. Per aquest motiu, l'endemà del tsunami vaig oferir-me voluntari per fer seguiment de les comunitats de la Xarxa. Eren els únics grups capaços d'encapçalar la resposta. Tal com els meus homes van detectar moviments vaig decidir seguir els enllaços amb homes de confiança i vaig destinar els que no es qüestionen mai una ordre a les colònies místiques. Mentre ells capturaven i deportaven tot supervivent al camp de refugiats, jo i els meus homes protegiríem els espais i les persones que s'havien salvaguardat i que tenien tota la capacitat per regenerar i reconstruir el món del futur amb la saviesa del passat.

Jo vaig planificar la detenció d'en Carles, un Carles que els serveis d'intel·ligència coneixien com a "Tito" i que els hauria encantat capturar. Només així, només si era el meu detingut, ningú més sabria la seva identitat. Només així podria comptar amb ell per coordinar l'alliberament del camp sense despertar sospites. Estava convençut que ell coneixeria algun dels líders clandestins retinguts entre els refugiats i que ell inspiraria la suficient confiança per coliderar la fugida i l'entrada a la ciutat. La tasca no seria fàcil i amb el meu grup d'homes no n'hi hauria prou per neutralitzar la resta, de manera que el seu suport era imprescindible.

Mentrestant, un dels meus homes va contactar amb l'enllaç dels Refugis d'Ostaleny, i la resta del grup del Tossal i els va orientar cap una via segura per arribar a la ciutat. El mateix vam fer amb cada una de les brigades de rescat organitzades i capaces d'actuar provinents de comunitats de la Xarxa. La resta de columnes solidàries van ser arrestades i conduïdes al camp, havíem d'acomplir objectius, i aquests arrestos eren sinònim de bons resultats.

Amb els informes del caporal a qui vaig ordenar seguir l'enllaç dels Refugis d'Ostaleny i el coneixement que tinc de l'entorn, he pogut reconstruir i relatar, de forma més que fidedigna, i amb detall, la història de l'operació de rescat programada pels pobladors del Tossal d'Arcàdia. A més com a afeccionat a la lectura he procurat fer-ho de la forma més bella de què he estat capaç, perquè qualsevol retrat pot ser bell, per més punyent que sigui la realitat.

I si em citen a declarar em refermaré dient-los:

—No sé quins dels meus jos heu citat davant aquest tribunal, així que a més de declarar en nom de tots voldria adjuntar com a testimoni una breu memòria dels darrers dies. D'aquells fets que han succeït des del terratrèmol i el tsunami fins a la meva detenció. Mentre redactava l'informe per a l'oficial en cap, prenia anotacions, que he fet servir durant aquest temps de reclusió, per reconstruir el trajecte de l'Estel, la noia que va fer d'enllaç entre Ostaleny i Arcàdia, a qui vam fer seguiment des que va sortir de casa. A les notes amb fragments de tot el que els meus homes m'han explicat, hi he afegit allò que recordo i conec d'uns racons que em són familiars, i alguns detalls que els mateixos protagonistes m'han confiat.

Inicialment als presoners del camp no els calgué revoltar-se, ho férem per ells. Realment va ser fàcil. Jo personalment em vaig encarregar, sense que ell ho sabés, de cobrir en Carles perquè, aprofitant la foscor de la nit, tallés totes les comunicacions. I ho va fer com només sap fer ell, ràpid i eficient. Després d'això, amb el meu grup d'homes vam caure sobre la guàrdia i els vam arrestar. Només minuts més tard el camp era una celebració i milers de persones van encerclar l'oficina de comandament reclamant justícia. El cert és que sense aquell instint tan humà i tan primitiu de revenja que tot ho encega potser hauria estat més senzill i potser hauríem evitat un lamentable bany de sang. No podien entendre, i en això podíem estar-hi d'acord, què feien entre nosaltres agents tan sàdics com en Jou o la soldat Robocop. Però no tots som iguals, ni tenim el mateix autocontrol per gestionar les pors, i després d'anys sé que el més cabró o bé és un psicòpata que gaudeix fent sofrir, o molts cops és també el més covard, el que menys encaixa amb tot allò que li ordenen fer. El clima es va posar tens, la gent s'atansava sense por reclamant venjança i jo vaig perdre tota l'autoritat davant els meus homes i evidentment davant la gent enrabiada. Si estaven allà i no buscant els seus morts a la ciutat, havia estat per culpa nostra, ells ho sabien i jo ho sabia. En Jou, en sentir-se sense poder i cagat de por, va cometre l'error de disparar. Després d'això vaig ordenar als meus homes que deposessin les armes i, desarmats, ens vam entregar. Rendir-nos era el més intel·ligent i l'única manera d'aturar la mort de més innocents. El Jou i la Robocop van morir allà mateix, víctimes de la ràbia, i van expiar les seves culpes apallissats per unes masses que s'hi van acarnissar. Ningú no estava liderant aquella multitud, i aquells que jo confiava que ho farien, conscients que en aquella situació no tenien cap possibilitat d'èxit, van fer una passa enrere. Tot seguit van prendre la caserna i un a un van executar tots i cadascun dels militars feixistes que més havien destacat pel seu odi i sadisme cap als pobladors del camp. Finalment, gràcies a la nostra serenitat i a la intermediació d'un dels metges del camp, jo i la resta dels meus homes vam salvar la pell i vam ser capturats i conduïts a l'interior de l'espai destinat a oficials, passant a ocupar l'espai que els comandaments del camp havien ocupat minuts abans.

El judici no va arribar mai. L'endemà mateix, a l'exterior de la caserna els refugiats ja s'havien organitzat. Sortosament, l'aigua havia tornat al riu, i en Carles, al costat d'en Leonard i l'Òscar, així com de la Tània i d'altres, alguns d'ells coneguts per la seva activitat i d'altres anònims per a mi, havien coordinat i donat solució a les necessitats imminents del camp i havien preparat la marxa de retorn i la campanya de rescat a la ciutat. Van venir a veure'ns i ens van preguntar si estàvem disposats a cooperar. Les llargues hores de nerviosisme i reclusió podien acabar, i en comptes de demanar-me que prestés testimoni en defensa pròpia, tal com esperava, m'estaven demanant que m'unís a la causa. No vaig dubtar-ho un instant, sempre havia desitjat treure'm la màscara, sempre havia volgut ser un més i que se'm reconegués com a tal. Vaig mirar els meus homes i els vaig exposar la proposta, conscient que després d'anys de clandestinitat, donava a conèixer qui era i ho sabrien fins i tot els que no ho sabien encara. Sense dubtar-ho ni un segon van adherir-se a l'oportunitat de reinserció, i se sumarien com vaig fer jo, impacients, a la causa. Aquell era el nostre moment, el moment en què tornàvem a formar part de la família que havíem abandonat, s'obria una porta al passat d'on proveníem, un camí als orígens per defensar obertament la nostra gent, el seu futur i la nostra identitat. Observant les seves cares sabia que era un moment dur i difícil per a molts. Recordaré perfectament les paraules ploroses d'en Jonhy, un dels homes més joves i dels més valents del grup:

—Mai no hauria esperat tanta clemència, tanta pietat. He estat molts anys cec, obeint ordres sense dubtar... Gràcies a tu, Mama, vaig obrir els ulls, primer al dubte i després a la realitat —i mentre xuclava els mocs, s'eixugà avergonyit les llàgrimes amb el palmell de la mà.

—He obeït ordres criminals, he defensat la propietat i l'empresa com si fos meva. Han fet de mi un gos i en comptes de castigar-me aquests homes m'ofereixen la glòria. Feu de mi el que cregueu, us juro total lleialtat.

Coneixia bé en Carles i tenia suficient confiança en les seves capacitats. També tenia referències dels altres dos homes que l'acompanyaven i pel que feia referència a qualsevol de la Xarxa no hi havia espai per al dubte, cada cop que la petroliera havia intentat comprar informants amb diners o xantatges havia estat impossible. Sabia que entre ells serien capaços de liderar-ho. Hi havia, però, un altre home, un dels que havia construït la imatge de ser dels més durs de la resistència, un d'aquells que sempre estava disposat a posar-hi la cara, que no m'agradava gens. Mai no rebia, primer vaig pensar que era un afortunat, després vaig adonar-me que tenia un àngel de la guarda. Per casualitat l'atzar va voler que, anys enrere, el veiés entrant en una casa del barri vell de la ciutat; minuts més tard entrava al mateix portal el cap civil de la seguretat del complex miner que jo defensava. No hi havia dubtes, l'enemic número u no era tal, simplement era un confident o pitjor encara, com jo, un infiltrat.

Vaig exposar a en Carles els meus dubtes i vam acordar que aquell home, ja que no tothom estava en condicions de venir, es quedaria com a responsable del camp. Caldria atendre les persones ferides i les malaltes, els orfes i la gent gran, la funció d'en Carles seria convèncer bàsicament en Leonard i l'Òscar que "l'infiltrat" era el més apropiat per dirigir aquesta tasca. Si tots tres li assignaven aquell paper tota la resta vindria rodat.

XIV

Una corrua, encapçalada pel comboi de tot terrenys disponibles al camp, va sortir immediatament cap a la ciutat. No podíem perdre ni un instant, ja havien passat massa dies. Els vehicles anaven tan carregats de provisions i efectius com era possible. En minuts vam anar distanciant-nos d'aquella columna de dones, homes i criatures que s'anava allargassant i empetitint rere nostre, dibuixant un tapís de colors enmig del fang. L'eufòria de la gentada, borratxa d'adrenalina, deixava a un costat i ajornava les angoixes i incerteses que havien de venir amb el cansament i la fatiga del camí.

El comandament provisional de l'avantguarda motoritzada vam decidir avançar directes cap a la ciutat però extremant al màxim la cautela. Els equips de ràdio dels vehicles no rebien senyal per cap dels canals habituals i, per tant, desconeixíem què ens trobaríem. L'instint d'uns, l'experiència d'altres i la meva formació deien que havíem de protegir-nos. Vam decidir seguir cap a la ciutat en grups de dos vehicles a velocitat sostinguda, deixant una distància de vint segons entre cadascuna de les baules de la cadena. Comunicaríem tota l'estona, emetent per un canal privat i el primer i el segon vehicle s'encarregarien d'inspeccionar respectivament l'horitzó i els flancs. La cadena de blindats s'aturaria abans d'arribar a l'accés principal i dos únics cotxes desplaçarien un grup d'observadors, de manera que crearien un cap de pont cap a la ciutat.

Res no va anar com havíem previst. A mig camí, el segon dels vehicles s'aturà per avaria. Vam traslladar el que vam poder, i el que no ho vam deixar a recer per a quan arribés el grup que es desplaçava a peu cap a la ciutat. Amb el material van haver de quedar-se dos homes perquè va ser impossible encabir-los de nou. Poc després, un altre dels quatre per quatre va punxar. Vam aturar-nos per canviar el pneumàtic. Mentre substituíem la roda va atansar-se a nosaltres un grup de gent més afamat que poruc. A poc a poc, van acostar-se dues dones, d'uns seixanta anys, la resta van quedar immòbils, parapetats rere l'únic arbre d'aquell descampat. Van demanar menjar i aigua i si podíem donar-los algun medicament per a dos infants que viatjaven amb elles i estaven malalts, després van pregar-nos que els conduíssim al camp. Els vam avituallar i vam explicar-los com arribar-hi. A mesura que ens apropàvem a la ciutat aquella trobada es va anar repetint, fins a esdevenir pràcticament una imatge continuada. Centenars, potser milers de persones es desplaçaven com formigues en filera a la cerca desesperada d'un lloc on anar. Cap de nosaltres havia imaginat que les supervivents fossin tantes, ni la dimensió del desemparament. Tothom esperava trobar algun suport, o que alguna agència els donés un cop de mà, però per contra es trobaven abandonats i sense pa, sense rumb i sense cap punt on poder-se refugiar.

A pocs quilòmetres del nostre destí la densitat de pas dels desplaçats ens feia difícil avançar. Una dona visiblement ferida en una espatlla va alertar-nos de la presència de franctiradors en alguns dels edificis més alts de l'avinguda principal que fa d'accés a la ciutat. A ella, tot i que l'hi havien disparat, només l'havien tocada d'esquitllentes en una espatlla, però va explicar-nos que eren desenes els cossos sense vida que jeien a un i altre costat. Els rumors deien que havien arribat de fora i que havien prohibit la sortida de la ciutat sota l'argument que la fase d'evacuació ja havia finalitzat. A pesar de tot, el panorama desolador i la gana feien que famílies senceres, en grups grans i protegides, desafiessin aquells criminals buscant escapar de les epidèmies que es començaven a escampar, de l'olor de mort, i de la fam atrapada en les runes i engrunes del que havia estat una gran ciutat. Altres tafaneries explicaven que hi havia enfrontaments armats en diversos punts pel control d'aliments i de les escasses reserves d'aigua. Una altra dona ens va explicar que un grup d'individus es trobaven atrinxerats en la caserna situada al capdamunt del turó més alt de la vila. Els que li ho havien contat deien que un comboi com el nostre s'havia revoltat i els tenia assetjats dins l'antiga ciutadella militar. Aquells homes, pel que explicaven, eren les persones més riques i poderoses de la ciutat, que en tenir notícia del desastre que venia s'havien confinat amb els seus béns i famílies, acaparant medicaments i queviures, a l'única part que es podia considerar segura de la ciutat.

Arribant al nostre destí, el gruix de persones es va anar esponjant fins a desaparèixer pràcticament tota presència humana, llevat dels residus d'embolcalls que desguarnien encara més aquell asfalt brut, malmès i esquerdat. En el darrer tram de carretera, just abans de la darrera corba que anuncia el descens cap al delta que obre la gran esplanada on s'apleguen agregades, com una única massa urbana, barris i antigues poblacions, un home gran jeia immòbil enmig de la pista. Vam aturar el vehicle i vam apropar-nos-hi amb prudència i respecte.

—No passin! Aturin-se! D'ací endavant no està permès passar! No hi trobaran res, res! Soc el guardià de la porta, d'ací endavant no està permès passar!

Era un home alt i prim, d'una cinquantena d'anys, en estat de xoc. Probablement una setmana enrere hi tocava, ningú no hauria dit que fos un vell xaruc, sinó un home sa. Estava trastornat pel que havia viscut i pel que havia vist, quelcom per al que cap de nosaltres està prou preparat, per molt que cregui que està curat d'espants.

—Disculpi, faci's enrere, hauríem de passar —va dir-li amb educació el conductor del vehicle que obria la marxa, en el qual jo viatjava de copilot.

—No ho faré! No està permès passar! —etzibà, mentre s'ajeia de través just davant nostre.

Vaig obrir la porta per baixar del vehicle, alhora que li demanava calma. Mentre em disposava a escoltar-lo, vaig dir-li que entenia perfectament què li passava, que jo havia patit alguna situació com la que ell ara sentia. Em respongué, amb un rostre rígid, inexpressiu, tombat panxa enlaire i sense moure's un mil·límetre, que si no havia vist morir assassinada davant meu una filla, tres dies després que la mar engolís la resta de la família, era impossible que pogués entendre'l. Va explicar-me que quan estaven sortint de la ciutat a la cerca d'un refugi, havien disparat des d'un terrat a la seva filla enmig del cap. Ella només tenia vint-i-un anys, vint-i-un, mai no havia fet mal a ningú, ni havia infringit cap norma. Ningú els havia donat l'alto i el primer senyal va ser aquell tret i després en vingueren d'altres. En minuts els cadàvers es comptaven per dotzenes. A ell un grup de gent l'havia retingut i fet fora d'aquella escena. Ningú gosava retirar els morts per por de rebre una bala. Per la força l'havien tret d'allà i no tenia valor per tornar, era un covard havia fugit deixant el cos de la seva filla allà, però ja no temia la mort. La gent deia que els assassins eren soldats, com nosaltres, i ell era un home sol i desarmat, però no ens deixaria passar si no el matàvem. Jo no podia respondre, tenia un nus a la gola i em vaig quedar paralitzat, amb un pes molt feixuc a la boca de l'estómac. Van baixar dos homes dels que seien darrere el cotxe i van alçar, agafant per cames i braços, aquell pobre. El van traginar fins a un costat i suaument el deixaren sobre una clapa d'herba. L'home s'arrapà al camal del pantaló d'un d'ells i aquest, mirant-lo als ulls fixament, va prometre venjar-lo i va comprometre's, solemne, donant la paraula, que si volia refer camí aquell mateix dia podria recuperar el cos de la seva filla. L'home alliberà el soldat, s'alçà de terra i, rearmat de dignitat, girà cua i emprengué el camí de tornada per un voral.

—Beneïts sigueu, us desitjo sort, la necessitareu.

En aquest primer grup de vehicles en Carles interceptà una freqüència. Les veus, citant teòriques fonts ben informades, asseguraven que després de les rèpliques del sisme, hi havia hagut més tsunamis i també s'havien produït catastròfiques pluges torrencials que havien incomunicat el nord d'Europa i intensos huracans que havien devastat i aïllat zones immenses del centre i del nord d'Amèrica. Per la claredat del so i la intensitat del senyal, els rebels devien estar retransmetent des d'un antic equip de ràdio ubicat en alguna de les poblacions pràcticament abandonades situades als afores de la ciutat. La qualitat i la potència eren òptimes. En la locució afirmaven que fruit de la situació insostenible, del coneixement de les causes i de la creença generalitzada que no podien seguir impunes els culpables, hi havia hagut aixecaments exitosos a molts països, i per efecte contagi, producte de la difusió de l'èxit de les revoltes, els motins s'havien estès arreu com la pólvora, prenent el control de destacades institucions mundials. Pel que afirmava aquella notícia, el comandament de l'Aliança Occidental havia estat escapçat i el canvi de rumb ben aviat faria caure fins i tot la Casa Blanca.

—Escepticisme i prudència davant d'aquestes paraules, l'eufòria no és bona companya en la lluita, ni tan sols en la victòria —vaig dir als meus homes—. Ara tenim una missió concreta: trencar el setge i obrir una via d'accés segur a la ciutat. Un cop assolit el primer objectiu donarem suport al cos que encercla la caserna militar i farem caure el mal govern que s'hi atrinxera. Després tenim molta feina a aturar qualsevol incident producte d'una mala distribució de productes de primera necessitat i a donar suport a l'organització de la intendència i de les tasques de rescat. Personalment, penso que, per ara, hauríem de celebrar només cadascuna de les vides que podem salvar.

Al final de la carretera es distingien dos blocs imponents a un i altre costat del que quedava dempeus de l'avinguda que donava accés per terra a la ciutat. Talment com producte d'un bombardeig aeri, la façana posterior i lateral d'un d'aquells gegants havia caigut a plom i en l'altre les plantes superiors directament s'havien ensorrat. Vist des del darrere, tot restava en calma, però per cautela vaig ordenar avançar a màxima velocitat fins a situar els vehicles a recer de les runes de l'edifici més malmès. Un cop allí, a en Carles i la Tània els vaig demanar que esperessin resguardats els seus companys de l'Arcàdia i que comuniquessin a la resta dels militars del comboi l'ordre d'avançar cap a la ciutadella per fer-nos costat. Ells dos tenien l'encàrrec d'organitzar i coordinar el rescat i la preparació d'un òrgan provisional que es fes càrrec d'atendre les necessitats.

Els homes van prendre posicions i van avançar protegits pels fusells, tal com ens havien ensinistrat a fer. Un cop desplegats a la part de darrere dels habitatges des d'on havien disparat a la gent que volia escapar a la cerca de teca i refugi, va arribar la segona baula del nostre comboi i es va afegir automàticament a l'operació. En qüestió de minuts havíem pres les torres i abatut un dels franctiradors. L'altre, una dona, negra com jo, alta i corpulenta després de rendir-se, s'afegí a nosaltres. L'accés estava obert, l'havíem recuperat.

Vam descarregar part de les provisions en els baixos de l'edifici que havia quedat menys malmès i van quedar-se un vehicle amb dos homes, fent de sentinelles per protegir-les, amb en Carles i la Tània. El tot terreny més gran amb altres dos soldats aniria a la cerca del grup de voluntaris de l'Arcàdia. La resta de la columna avançaríem directament cap a l'antiga ciutadella militar.

—Per fi han marxat. No podia més, saps Carles? No suporto tenir aquests homes al meu costat —feu la Tània, tan bon punt els dos escortes uniformats es disposaren a banda i banda del dipòsit d'aliments, amb idèntics moviments i exactament de la mateixa manera que haurien fet per protegir un polvorí, o fer guàrdia a la porta del camp.

—A mi què m'has de dir? —digué en Carles— penso exactament el mateix que tu.

—No ho pots entendre, de fet no has entès res, saps?

—Com que no he entès res? Fa anys que lluito contra el poder de les petrolieres i he vist companys morir i ser torturats a les seves mans. Què vols dir que no ho puc entendre? —protestà amb el rostre encarcarat, els punys gairebé closos i les faccions tenses.

—T'ho torno a dir, no has entès res! Han estat a punt d'abusar de mi per l'única raó de ser dona. Han estat a punt de violar-me. Em sento una víctima, com la de totes les guerres en què he estat. Fins ara m'indignaven els abusos, em sentia empàtica amb les víctimes... — s'anà sincerant amb la veu entretallada—. Ara, he vist el que no veia, simplement perquè he sentit la por al meu ventre. He obert els ulls quan he sentit que era el meu cos l'exposat. He atès centenars de dones, saps? Dones que havien estat maltractades, torturades i violades, però sempre ho he fet protegida pels mateixos que probablement havien maltractat, abusat i violat altres dones, o a elles mateixes fins i tot.

En Carles avançà dues passes i es dirigí amb el cap cot i els braços oberts cap a la Tània. Ella rebutjà, per un instant, l'abraçada, mirà directament als ulls avergonyits del seu company de camí i finalment, cos contra cos, uniren les penes i fongueren la ràbia.

—Necessito parlar, saps? Qui em diu que el teu amic Mama, o Espartac o com sigui, no ha actuat així? Qui em diu que els altres homes que ens han acompanyat fins aquí no estan ara violant les dones dels seus enemics? Qui em diu que no han actuat com el bavós que després d'escorcollar-me, d'agredir-me amb la mirada, volia violar-me? Em fa fàstic, em fan fàstic aquests homes i la guerra. Jutjar no és la meva manera de fer, però he vist tantes injustícies... i m'adono que he estat tan injusta no prenent-hi part. No em puc treure del cap que és el primer cop que he vist matar davant meu un home i no he sentit dolor, ni pena, fins i tot m'he sentit alleugerida. Aquell home havia abusat de mi, m'hauria violat si n'hagués tingut l'oportunitat. És com si l'hagués mort jo mateixa. Fins ara defensava la vida humana, qualsevol vida humana, per damunt de totes les coses. Fins i tot la vida d'assassins, criminals de guerra, torturadors o violadors. Creia i volia creure que posar-se a la seva alçada no soluciona les coses, no canvia res i que l'arma més potent és la reconciliació. Ara visc a la meva carn que difícil que és el que demanem a les víctimes, que difícil que és comprendre i perdonar quan la ràbia i l'odi ens demana venjança i quan la justícia instintiva és la llei del talió. I a la vegada em sento malament, amb mi mateixa i amb el món.

—Tu no ets responsable de la mort d'aquell porc.

—Em sento malament, em sento trista perquè mai podré escoltar aquell home que ha volgut abusar de mi, i haurà abusat de moltes altres, avergonyit demanant perdó, perquè ja és mort. Mai no tindré l'oportunitat de perdonar-lo si vull fer-ho perquè ja és mort. I el seu botxí, tan home com ell, tampoc podrà escoltar-lo demanant-me perdó. I, sí, em sento responsable perquè m'he quedat quieta com un estaquirot, clavada com una pedra, mentre persones com jo en mataven d'altres com bèsties, i no tan sols això, sinó que m'he sentit alleugerida quan he vist morir aquell home al qual tu anomenes porc. I aquell home no és més que un producte dels nostres temps, de la nostra cultura, de la nostra societat, d'un món on manen els homes perquè han imposat la seva força, els seus diners i la seva llei, i si ell no té opció de canviar, no només hauria de morir ell, sinó que amb ell hauríeu de morir tots.

En Carles escrutà fixament la Tània i es retirà totalment callat cap a la façana de l'edifici a la cerca de fustes i cartrons per encendre un foc. Demanà permís als guàrdies i entrà al dipòsit, d'on prengué dues mantes. Carregat amb les màrfegues i els troncs s'apropà a la Tània, deixà el combustible a terra i tapà llurs espatlles amb la coberta, mentre li feia una frega als muscles alhora que li demanava perdó.

—Perdó Tània, perdó en nom meu i de tots els homes que hem permès que això continuï així. Mai més restaré callat, mai més restaré neutral, mai més em limitaré a actuar com els altres esperen que actuï. T'ho prometo.

La metgessa alçà la vista, deixà la manta a terra i començà a córrer endavant. En Carles no va comprendre què passava fins que veié aparèixer tot sol, del no res, en Buba.

—On són els altres? Què ha passat?

—Fa un parell de nits vaig escoltar trets i vaig pensar en vosaltres. Tot just sortir el sol, vam arribar a la terra erma i vam veure una columna de fum i roderes de cotxes. Per protegir el grup em vaig avançar i els vaig indicar com seguir avançant pel camí antic que resseguia seques rieres i canals. Venint cap aquí m'he trobat amb un grup de gent que fugia de la ciutat. M'han dit que hi havia milers de morts i que el que no s'havia esfondrat amb el terratrèmol havia estat engolit per l'onada. Que hi havia trets i que tot d'individus armats aprofitaven la desolació per imposar el seu ordre. Fa res m'he creuat un grup d'homes armats damunt un vehicle militar immens, ells no m'han vist. Amb el soroll que feien he tingut temps d'amagar-me entre les mates i el fang. Sincerament, no esperava trobar ningú, ja m'havia fet a la idea de tornar enrere, arreplegar la colla i tornar cap a casa. Doneu-me alguna cosa per menjar i aniré altre cop a buscar-los.

—Ara mateix no cal que vagis enlloc. Acompanya'ns i menja, després et posem al dia de tot.

Acabades les salutacions, acompanyaren el famèlic solitari cap a l'improvisat rebost. Altre cop sols, amb el retrobat company enfeinat omplint el pap a cremadent, maqui i pacifista s'aproparen a poc a poc, fins a encaixar braços i espatlles en un trencaclosques de sentiments confusos.

—Gràcies Carles, perdona.

—Gràcies a tu Tània.

El noi deixà tot el material que podia cremar enmig d'un arrecerat cercle de pedres que recollia les restes de branques calcinades i brases del que havia estat una foguera improvisada. Van arrupir-se, cos contra cos, asseguts a tocar del caliu buscant mútuament aquella escalfor humana que tant reconforta l'ànima. Estaven tan a gust embolcallats una i altre que no va destorbar el seu benestar ni el soroll del vehicle militar que tornava de l'operació de cerca. Sobtadament, van recuperar d'un bot el món en sentir les paraules carregades de sorna de la Jana:

—Vaja parelleta, veig que no heu perdut el temps. Qui ho hauria dit. Felicitats!

Algunas cosas del pasado desaparecieron, pero otras
abren una brecha al futuro y son las que quiero rescatar.

Algunes coses del passat desaparegueren, però altres
obren una esquerda al futur i són les que vull rescatar.

Mario Benedetti

XV

Reunit altre cop tot el grup, després de comunicar per ràdio la notícia al comandament avançat, van acordar prosseguir amb l'operació de rescat. Racionarien els aliments disponibles i repartirien un mínim d'avituallament entre la força voluntària. Carregarien la resta en el vehicle militar per cobrir les calories de la tropa i les necessitats civils que anessin sorgint al seu pas. Espartacus va informar en Carles dels avenços que havien assolit. Ja havien penetrat a l'interior de la fortalesa militar i tenien assetjats en una petita torre de l'interior del recinte qui fins aquell moment havia dirigit els designis del país i de la ciutat. Va comunicar també que el president del banc més important de tota la regió i tres membres de l'empresa d'hidrocarburs es trobaven entre els fortificats.

Carregades les provisions, el grup va reprendre la marxa a peu, i van travessar cap amunt entre el que havien estat els dos immensos blocs d'habitatges que feien de portal. Van traginar amunt per aquella lleugera pujadeta que, com si fos la línia de l'horitzó, amaga la gran vall entre turons a tocar del mar on va expandir-se l'antiga colònia romana. Superat el tram de carrer lleument costerut, perfilat a banda i banda pel que avui semblaven arrossars colgats d'aigua, però tothom recordava com uns esplèndids horts urbans quarterats per centenars de parcel·les, van tenir a l'abast dels seus ulls la magnitud del desastre. Davant seu, entre les restes esmicolades de quatre casetes baixes, restava dempeus un vell cartell publicitari que donava la benvinguda a la ciutat. A la seva base un talús de sediments, que faria ben bé sis metres en el seu tram més alt, una duna formada per l'amalgama inanimada de metall i formigó, de carn estovada i ossos matxucats, els barrava el pas, interposant-se físicament i emocional entre passat i futur, entre allò que ens han preparat per tolerar i allò que és inacceptable. Superat l'obstacle per una trinxera vomitivament pestilent que travessava el pòsit acumulat per l'onada, construïda possiblement per facilitar el pas a les columnes de supervivents que fugien del purgatori, trobarien l'artèria principal que creuava transversalment la metròpoli.

La força de l'onada ho havia arrossegat tot i com en un joc de dominó un edifici havia fet caure l'altre. Els vells contenidors del port estaven escampats per tota la ciutat i havien esdevingut, al costat dels pocs cotxes particulars que quedaven en ús i de tramvies i autobusos, gegantines bales de canó, destructiva metralla. A clapes, entre runes i deixalles, s'erigien encara trossos d'uns pocs blocs disseminats, els més alts i compactes, fragments del que havia estat una arquitectura colossal que desafiava els principis més elementals de la natura. Els carrers desèrtics havien estat envaïts per obstacles capgirats, abonyegats, desballestats que responien únicament a l'ordre capriciós d'onatge i marees. Un a un van anar esquivant els murs infranquejables com aquelles condemnades que fugien del minotaure en el laberint d'Ariadna. Van haver de deixar el passeig central i girar ara a dreta, ara esquerra, van guiar-se com podien per les traces inesborrades de carrers i avingudes. El grup va anar estirant-se i la distància entre capdavantera i reraguarda en aquell entorn imponentment silenciós creà el clima idoni per sincerar-se. En Buba, al costat d'en Pol obria la marxa. A uns quants peus de distància seguia la resta i es despenjaven del grup, a més de mitja quadra, el just per a retrets íntims i sinceres confidències, la Jana i en Carles.

—Què et passa Jana?

—Que què em passa? Quina història teniu tu i la Tània?

—Ni hi ha cap història ni tinc res per explicar-te. Que tu i jo haguem tingut un rotllo no et dona dret a res.

—Com que haguem tingut? Que jo sàpiga vam estar junts fa una setmana, i no ha passat res de llavors a ara.

—No ho veiem igual. Vam estar i hem estat junts aquella i moltes vegades, però vius amb en Pol, ets la seva companya.

—Ja tornem a ser-hi. T'ho he dit una i mil vegades. Us estimo a tots dos, soc una dona lliure i no vull estar amb un únic home, no fa per a mi, passo de la monogàmia.

—Ets una dona lliure que juga amb mi, perquè estúpid de mi he acceptat que això és tot el que puc tenir de tu. I he acceptat perquè tu has posat les normes i jo estava atrapat. Em penedeixo, i m'avergonyeixo per tot el que dec haver fet passar a en Pol.

—Ei, deixa en Pol en pau. Segur que te'n penedeixes? —digué la Jana tot arrambant els pits contra en Carles, mentre acariciava tendrament el seu clatell amb les puntes dels dits.

—Deixa-ho, va —i es distancià— pot girar-se en qualsevol moment. No n'has tingut prou abans mostrant la teva gelosia davant de tothom?

—Ell ho sap, li ho explico tot.

—Ho sap ell i tot el poble.

—No li fa cap vergonya.

—A mi sí que me'n fa. Em sento malament per en Pol i per mi mateix. Fins ara he sabut conviure amb aquest sentiment i acceptar-lo, però avui he sentit ràbia, molta ràbia.

—Ràbia?

—Sí, ràbia.

—Ja m'ho has dit, ràbia. Ràbia de què?

—Ràbia de veure't gelosa quan m'has tingut sempre en un segon pla. Quan a mi no m'ha importat estar en boca de tothom. Ser diana dels rumors...

—Això ha estat així perquè tu ho has volgut, no?

—Voler i acceptar no és ben bé el mateix i ho saps. Em sembla que ara sé del cert què és el que vull i el que no vull, i no vull continuar més amb aquesta farsa. Acceptava que visquis en parella i que em diguessis que eres lliure per fer el que et vingués amb gana.

—Només faltaria.

—Oh, i tant! Només faltaria —respongué irònic en Carles—. Només faltaria que mentre tu vols volar lliure em demanis fidelitat a mi com fas amb en Pol. Que no donis el que exigeixes, això és el que em fa ràbia.

—Però tu no m'has demanat mai res.

—Donava per fet que tenia la mateixa llibertat que tu per fer allò que em donés la gana.

—És clar que la tens. Però...

—Potser m'he mostrat mai gelós de compartir amb un altre els teus petons, el teu cos? M'has fallat, pensava que eres diferent, que senties diferent, que vivies diferent... Ara veig que només demanes als altres que acceptin compartir-te, mentre tu ets una egoista que se sent ofesa per un gest de tendresa d'algú que creu seu cap a una altra dona.

—Perdona, jo no volia, però no he pogut...

—Jo sí que he pogut i també ha pogut en Pol. Ei, no hi donis més voltes, tanmateix nosaltres som amics, no era així? Doncs no cal ni que ho deixem córrer.

I en un rampell, en Carles accelerà el pas i anà avançant tot el grup a grans passes fins a situar-se al costat de la Tània.

En la part alta d'un edifici, que encara mantenia ferms alguns graons de l'escala, el grup va trobar refugi per passar aquella freda nit de lluna nova. Enmig de les parets cobertes que quedaven dempeus, els vidres trencats escampats pel terra feien pampallugues amb la lluentor de la foguera. Amuntegat en un racó, lluny dels finestrals desprotegits, s'aplegava el gruix de la colla. Una parella s'havia arraconat en l'altre extrem de la cambra, equidistant de l'escalfor de la flama. Gairebé a les palpentes, l'única penombra que restava ajupida de genollons, pentinava amb els palmells una sinuosa silueta envoltada per una aura vermellosa. Només el xiuxiueig embafador d'amants pertorbava l'espeternegar esclatant de la combustió de les brases. Els dits recorrien lliscant nuca i clatell, malucs i panxells de totes dues cames, talons i plantes. Són en Pol i la Jana.

La Tània s'alçà, es calçà i abandonà l'estança, de reüll esguardà en Carles, que sense pensar-ho ni un instant s'alçà de la màrfega, sortí rere d'ella cap al que havia estat el replà i embolicà tots dos cossos amb la flassada. Un esvoranc immens deixava al descobert una volta d'estels espurnejants que es reflectien en ambdós parells d'iris foscos i humits, com guspires de desig, talment espurnes d'un amor latent. Mantenint fixa la mirada, totes dues cares s'atansaren.

—Perdona Carles, per molt que ho desitjo no puc fer-ho, no puc besar-te. Necessito parlar amb tu primer.

—No pateixis, no hi ha res entre jo i la Jana.

—No és pas això el que em preocupa, tinc un dilema, una qüestió més profunda. Un conflicte moral. No vull jutjar-te, però m'aterra no entendre com penses. Em cal saber a qui beso i abans de desvestir-lo m'agrada haver-li despullat l'ànima. Si no, no em sento segura.

—Què vols dir?

—Que em sembla que no et conec prou, que desconec com ets, com penses sobre qüestions que per a mi són centrals.

—De què tens por? Jo vaig de cara i visc tal com soc. Mira'm els ulls, soc aquí amb tu, som aquí i ara, demà qui sap si encara hi som. El futur és tan incert que no sabem si restarà en peu la invitació per seguir en aquest món. Passem la vida buscant la felicitat sense adonar-nos-en que la felicitat no és més que la construcció d'un continu d'instants. Cada moment penja just del moment d'abans. I ara, ara mateix, no hi ha res que desitgi més que besar-te, mai abans he sentit un impuls tan fort.

—Jo... —i després d'apropar els llavis fins gairebé fregar la pell d'en Carles en aquell punt màgic on convergeixen la galta, el lòbul i el coll— ...tampoc.

No man can put a chain about the ankle of his fellow man
without at last finding the other endfastened about his own neck.

Cap home pot posar una cadena al turmell d'un altre
sense lligar-ne finalment l'altre extrem al seu propi coll.

FREDERICK DOUGLASS

XVI

Tan bon punt van haver sortit de l'aixopluc on havien fet nit,
els va espantar la irrupció, en aquell desolador silenci, de
soroll de motors. El grup va dispersar-se defensivament
posant-se a cobert de nou. El rum-rum va aturar-se just al carrer
de darrere de les quatre parets amb teulada on havien dormit.
L'Estel prengué la iniciativa, i remuntà els graons, aquest cop de
dos en dos. Buscava, intrèpida i cautelosa, un punt de guaita on
llucar amb detall i sense riscos. Clavà l'ull esquerre en una escletxa,
espitllera improvisada, des d'on albirava perfectament la flota de
vehicles que s'havien aturat. Mig arrenglerats es desplegaven una
vintena d'homes armats vestits de civil i de militar. Davant de
tots gesticulava amb força un home de pell fosca, gairebé negra,
que no hi havia dubte que era qui donava les ordres. L'Estel era
valenta i agosarada, però no era cap eixelebrada i no faria cap
passa en fals, així que sortí corrents a la cerca de la Tània o en
Carles, per tal de ratificar que aquell era l'Espartacus, el soldat
amic de qui li havien parlat. En la mateixa sala on havien descansat
trobà la metgessa a qui demanà amb gestos que l'acompanyés
fins a dalt. Sí, era ell, no n'hi havia dubte, l'alegria de la Tània en
retirar la vista de la tronera era el millor certificat. L'Estel feu
un xiulet doble, fort i llarg, i en Carles, immediatament, ordenà
que tothom sortís de l'amagatall. La majoria de soldats s'havia
despullat de part de l'uniforme i oferia la imatge d'un escamot

131

desmilitaritzat, amb les armes en mà o en bandolera, un grup relaxat de milicians desmobilitzats. En un marge van reunir-se l'Òscar, en Leonard, l'Estel, la Tània i en Carles amb l'Espartacus i tres d'aquells homes que havien fet el pas. Després d'una breu deliberació, van decidir dividir-se en quatre grups per tal de pentinar la ciutat a la cerca de supervivents i van repartir-se per àrees. Cada esquadra tindria un comandament mixt i la composició el més equilibrada que fos possible.

L'Estel i l'Espartacus comandarien l'equip que escombraria la zona est, des de la gran avinguda que travessava la ciutat, en paral·lel a la línia de l'horitzó, fins a la zona zero, nom amb què havien rebatejat el que havia estat la platja. Els corresponia mirant el mar tota la banda dreta del passeig central des de la línia que havien marcat fins a l'aigua. En Mama s'aproximà a la noia i per rebaixar tensions, després de demanar-li disculpes, va explicar tot l'assumpte dels seguiments i tot el que sabia d'ella.

—Repugnant! —exclamà l'Estel— com ha pogut!

—Ho he fet tot per protegir-te a tu. Bé, ho he fet per nosaltres. He estat esperant anys el moment de revoltar-me.

—Doncs has fet tard. Per què hem de revoltar-nos ara? Fa anys que hauríem necessitat aixecar-nos, i potser tot això no hauria passat.

—Sé que hem fet tard, però si ho haguéssim intentat abans hauria estat en va i tampoc hi seríem ara.

—Bé, millor deixem-ho, perquè no ens entendrem i centrem-nos en el que hem de fer per salvar vides ara.

En Buba, que caminava al seu costat, intentà apropar una i altre. Ell i en Mama tenien segles d'història i humiliacions en comú, de manera que estava convençut que podrien entendre's sense gaire paraules.

—Estel, què et passa? L'Espartacus ens està ajudant, de fet sempre ho ha fet, si hem de fer cas al que ens ha explicat en Carles. Puc comprendre que sentis rancúnia però crec que no estàs sent justa amb el company Mama. A mi també se'm fa difícil parlar amb un home que du una pistola a la cintura i un fusell metrallador penjat a l'espatlla, però et demano que facis l'esforç perquè caldrà que funcionem com un equip i ens caldrà molta pau per fer pinya entre nosaltres, i de la nostra pinya depèn la vida d'altres. La informació és confusa i no sabem què és el que podem trobar-nos. Company, Espartacus o Mama, com vulguis que et digui, per sentir-nos més còmodes seria millor que no feu tanta ostentació de les armes.

—Perdona Buba, per poder salvar d'altres vides primer hem de protegir les nostres.

Era evident que l'empatia no era el fort d'un home rude que replicava sense fer cap mena de concessió no verbal.

—Com bé has dit no sabem què ens podem trobar. No sabem si hi ha cap més franctirador amagat en algun d'aquests edificis mig ensorrats que ens franquegen a tots dos costats, animals rabiosos o soldats del règim preparats per fer-nos una emboscada. No tinc cap ganes d'haver de combatre ni, això sí que m'agradaria que ho tingueu clar, de disparar ningú. Dit això, ara no és moment de treva. El meu deure i el dels meus homes és protegir-vos, mantenir aquest grup sa i estalvi. No m'agrada el meu paper, però és el que millor sé fer i només per això et demano que no em qüestionis.

La rigidesa del seu rostre, brillant sobre una camisa verda lleugerament descordada, evocava una mescla del rictus tens, seriós i pensatiu de l'eterna icona del Che Guevara amb la fortalesa i determinació del gran Sankara. Afluixà la marxa i ordenà a les altres quatre persones armades que formaven part del grup que no abaixessin la guàrdia, i que es repartissin el control de l'avantguarda, la rereguarda i els flancs. Calia cobrir tot el perímetre i tenir especial cura per qualsevol enderroc que pogués servir de parapet en les construccions més altes. Ell s'avançaria per tal d'assegurar el terreny i ningú es mouria fins que donés l'ordre, en totes i cadascuna de les cruïlles i espais oberts.

A en Mamadou que el contrariessin ja no el confrontava. Feia temps que havia acceptat que molta gent no entendria algú com ell, que lluitava amb les mateixes eines que combatia. Acceptava sense ressentiment ser per a uns un criminal de guerra i per a d'altres un heroi; o, més ben dit, que en funció del moment els seus actes fossin jutjats de manera diferent per uns o altres. Sabia que tot el que fes tenia conseqüències, i en funció d'aquestes actuava. Una figura secundària com ell no disposava d'immunitat, ni d'impunitat, sabia que Roma no paga traïdors, i que qualsevol errada li sortiria cara. Com no havien de qüestionar algú com ell que duia les armes, vestia l'uniforme i cobrava el sou de l'empresa minera? Com podien refiar-se d'un home que havia merescut la confiança d'aquells que posaven preu a la Terra? La formació, el treball, i la gent amb qui compartia llit i sostre, les marxes, la rutina, les ordres i el combat, no l'havien de confondre, i malgrat o mercès a les pors, no l'havien confós fins ara. Reconèixer l'enemic, i qui era el company veritable, era bàsic per a la supervivència de l'home que lluitava per la llibertat de l'Àfrica. Havia après d'aquells grups que havien estat anys lluitant des de les institucions per buidar-les de poder que el més important de tot era no acabar convertint-se en qui no s'és, llançant pedres sobre la pròpia teulada. No era el primer cop que feia totes aquestes reflexions i giragonses, però tot i saber que era lògic que no l'acceptessin com un més, gestionar les emocions encara li costava. La conversa havia acabat bruscament i la tibantor s'havia escampat més enllà de les tres persones que l'havien protagonitzada. En Buba va fer un esforç per afluixar la tensió i que retornés una certa calma.

—No li ho podem tenir en compte. Algú que s'ha passat la vida entre guerres i combatent en comandos no pot posar-se al nostre lloc, i menys ara.

—Què vols dir? Clar que li ho podem tenir en compte. Sense ells la terra erma no existiria i probablement tampoc hauria passat això. Em costa d'empassar que algú sigui capaç d'estar anys fent el contrari del que sent i que ara vulgui fer-nos creure que el que feia ho feia tot esperant el moment per revoltar-se. No puc, i menys quan resulta que són tants. No fotem! Si és així, per què no han acabat abans amb aquesta història? Aquesta gent no té ànima ni sentiments. —Sentencià l'Estel.

A l'home que cobria el flanc esquerre va semblar-li veure en l'obertura d'una façana una brillantor tènue, podia ser la ro-entor de la punta d'una cigarreta, i darrere d'aquella lluentor havia d'amagar-se una persona. Donà el senyal i, com en una dansa mil vegades assajada, el grup de soldats, ara milicians, va desplaçar-se sigil·losament, prenent posicions a una i altra banda. L'única dona uniformada s'endinsà per una escletxa cap al forat de l'escala. En un parell de minuts, i després de cridar que no necessitava suport, però que era urgent menjar i aigua, estava ajudant a baixar una senyora gran, prima i desgrenyada, acompanyada d'un marrec d'uns quatre o cinc anys brut i desmanegat.

—La mama, la mama, vull la mama, la mama, la mama, vull la mama...

—Gràcies a Déu, portem dies en aquest forat l'únic lloc habitable que hem trobat. Aigua si us plau, aigua. Vagin en compte, hem escoltat soroll i explosions i no paren els tremolors. Mai no havia vist res d'igual, casa meva s'ha ensorrat i he ressuscitat d'entre les runes. Aquest xiquet era al meu costat. Gràcies a Déu, gràcies a Déu.

—La mama, la mama, vull la mama, la mama, la mama, vull la mama...

—Des que em va trobar no diu res més, no sap qui és, deu ser aquest trau tan gran que té al cap.

Amb la descomposició per grups la Jana va separar-se de son germà i de la seva neboda Mariona. Sola amb en Pol, aquest va aprofitar per reprendre aquella conversa que feia tants anys que tenien pendent, tantes voltes ajornada.

—Jana, amor. Necessito parlar amb tu.

—Ara tu? Em pensava que estava tot clar entre nosaltres.

—No és això, Jana. Parla'm de ton pare.

—Ara?

—Sí, ara. Abans-d'ahir vaig escoltar-te dir, per primer cop des que ens coneixem, que potser havia arribat l'hora de demanar perdó a ton pare. En tots els anys que fa que anem junts aquest ha estat el teu secret i jo l'he respectat. Però ara per primer cop necessito saber-ne el perquè.

—El perquè? És difícil d'explicar el perquè uns fills no volen saber res de son pare. Encara sento ràbia, ràbia i vergonya. Que ton pare, aquell que se suposa que t'ha de fer costat incondicionalment t'abandoni quan ets una nena, quan més el necessites, és difícil d'entendre i d'acceptar. Més encara quan de gran vaig saber per què ens va abandonar. No sé si m'avergonyeix més les raons per les quals ens va deixar o el simple fet que ho fes. Ja ho sé que ha passat molt de temps, però no em sento preparada del tot per parlar-ne.

—Fins aquí és el que sempre m'has explicat. Penso que en tot aquest temps t'he obert el meu cor de bat a bat i he demostrat tota la confiança que necessitaves. Si us plau, ajuda't, buida la motxilla, desprèn-te de la càrrega.

—La meva mare tota sola va pujar-nos a mi i mon germà. No recordo haver tingut mai l'escalf d'un pare. Quan érem petites sempre que vam preguntar-li per ell, ella es limitava a dir-nos que ens havia abandonat i que ni valia la pena, ni volia, parlar-ne. Cada cop que a l'escola em preguntaven sobre el meu pare no podia dir-ne res. Només sabia el seu nom, Reinhold, un nom tan curiós com inoblidable. Les preguntes més freqüents eren sobre el seu ofici i les seves aficions, però d'això no en sabia res. De tant en tant ens bellugàvem i canviàvem de cop d'escola, de mestres i de veïnat. Amigues, amigues, per aquest motiu, de nena no en vaig tenir mai. Potser millor hauria de dir d'altres nanos amb qui jugar. Però tot això ja ho saps. A mesura que vam fer-nos grans vam aconseguir arrencar a la mare la dolorosa veritat. Va ser llavors quan vaig entendre que si no ens n'havia dit res havia estat només per protegir-nos. Ningú no havia de saber qui era, perquè ell mai ens havia de trobar.

—Continua si us plau, no t'aturis ara que has començat.

—La mare va començar dient-nos que havia demanat al pare que posés per davant la família i la comunitat, però que ell li havia respost que el primer era la feina i els seus companys. Recordo com, entre plors, tota emocionada, ens ho va explicar tot. Ella i altres dones havien decidit que aquella història havia d'acabar i van sortir al carrer per demanar als seus marits, i alguna als seus fills, que aturessin allò, que abaixessin l'espasa, que aquella no era la seva guerra, sinó la d'altres. Havien d'entendre que el seu paper era defensar el poble, no obeir les institucions creades per mantenir-lo captiu. En tornar a casa, el pare el primer que feu va ser colpejar la mare amb la mateixa mala llet amb què havia colpejat la gent que es manifestava. La mare no havia gosat cridar, ni plorar, no volia despertar-nos, no volia que nosaltres veiéssim com li pegava. L'endemà, quan el pare va sortir a treballar, va agafar quatre coses i dues bosses i va decidir marxar. Fins aquell moment li havia costat dormir al costat d'un home capaç de deixar de banda els sentiments i la solidaritat humana, ara li resultava impossible compartir llit amb aquell que havia gosat agredir-la, omplint-li de blaus la carn i de nafres l'ànima. Durant un temps havia estat convençuda que el pare deixaria la feina i refaria la vida i que podrien tornar a alçar el cap, però mai no va ser així. Ell va posar per davant la seva obediència a tot allò pel que havia estat ensinistrat, el seu deure de servei a la pàtria i al sistema, el clan i les confidències criminals que tenia dipositades en els seus companys. La família per a ell només tenia raó de ser si tothom complia estrictament, sense posar-ho mai en dubte, el que ordenava el patriarca.

—Ara entenc que t'hagi costat tant deixar-ho anar.

—El pare era un policia, un d'aquells policies que van decidir seguir acatant ordres contra la gent que havia sortit al carrer, un serf, un esbirro que havia posat per davant el quadre de coman-dament a la família. I quan vaig saber-ho vaig entendre-ho tot, perquè això va avergonyir-me més que no saber qui era mon pare. Si us plau no ho diguis a ningú, no vull que ningú ho sàpiga.

—No sé què dir, no tinc paraules. I això no has pogut expli-car-m'ho fins ara?

—Has de comprendre que ha estat molt difícil. No és només el meu secret, hi ha mon germà també en aquesta història. Per això et demano que em donis la paraula, que no sortirà d'aquí res del que et digui d'això, ni res del que t'he dit fins ara.

—Només faltaria, ja em coneixes, saps que soc de confiança. El temps que fa que estem plegats bé que m'avala, no?

—Doncs deixa'm seguir, que no he acabat encara. Quan això va passar, quan el pare va apallissar la mare i vam haver de fotre el camp corrents pots imaginar-te que no vam tenir on anar. S'havia decretat l'estat de setge, la policia tot ho manegava, i la mare no tenia cap amic que no fos també amic del pare. La mare va ser valenta i va buscar ajut a l'únic lloc on podien donar-n'hi, en un hospital de campanya, d'aquells que fins llavors havia identificat com a enemics segons el que havia escoltat a casa. —I feu una llarga passa, per empassar saliva i continuar—. No sé ben bé el que sento, és terrible, li he donat tantes voltes. Sento ràbia, sento fàstic, sento vergonya, i també cada dia que passa sento més la necessitat d'una explicació, de saber per què aquell home que ens havia engendrat, aquell que ens havia de fer de pare va ser capaç de desentendre's de nosaltres, de deixar-nos de banda. Sé que qui va marxar no va ser ell, sinó la mare amb nosaltres, i m'he preguntat mil cops què hauria passat si la mare no hagués tingut prou forces per fotre el camp de casa. Com seria jo? com seria el Roc? No dubto que la mare va fer el que va poder, i estic convençuda que no va poder superar el dolor i per això en la seva vida no hi va tornar a haver mai ningú més. I el meu dolor és un dolor que no sé explicar, el que més em dol és no recordar res d'ell i no haver-me sentit mai directament rebutjada. No saber res del que va fer després de la nostra marxa, em fa sentir un buit que només podria omplir sabent el perquè va posar la família per darrere de la pàtria. Potser no va imaginar-se mai que seria capaç de clavar una pallissa a la mare, o potser creia que la mare no seria prou valenta per deixar algú capaç de maltractar-la. La mare deia que no havia passat mai abans, però que amb un cop en va tenir prou per marxar, sense necessitat de paraules. No sé si el perdonaria, però sento tant la necessitat de mirar-lo a la cara i de saber per què que no puc estar-me'n. No l'he buscat mai fins ara, però ara m'agradaria trobar-lo i dir-li "Mira'm, soc jo la Jana". Per les històries que ens explicava la mare, sé que la casa en què vam viure era aquí a prop, entre el passeig i el turó, en un dels blocs de pisos més alts.

—Jana, amor, no vull robar-te l'esperança però, veient tot això, serà molt difícil que el puguem trobar viu. Estic segur, segur, però, que se'n deu haver penedit moltes vegades. En qualsevol dels casos no ha pogut estar fent de policia fins ara, i quan devia deixar de ser útil als seus, es deu haver trobat sol, sense família, ni amics. Algú capaç d'abandonar els seus, si ha tractat a tothom com a vosaltres no deu tenir gaires amics. De ben jove vaig aprendre allò del tal faràs tal trobaràs, i ha estat una ensenyança que no m'ha fallat fins ara.

En Buba va tornar a apropar-se a l'Estel. Se sentia irracionalment atret per la seguretat i la força d'aquella noia.

—Saps Estel? Et veig tan segura... La rotunditat amb què gesticules, la forma de puntejar cada paraula... Em descol·loques. A mi sempre m'ha costat tant decidir-me, veure les coses mínimament clares... Potser és el fet de ser d'aquí i a l'hora de l'Àfrica, potser és això d'estimar i odiar alhora aquesta terra i la que va veure néixer mon pare. Potser és el fet d'estar atrapat en llimbs indefinits. He parlat amb molt poca gent amb tanta franquesa. No sé si el fet de pensar que som a la fi del món hi ajuda però la teva olor, la teva olor em trasbalsa.

L'Estel s'apartà, instintiva i esquerpa i en Buba va seguir-la de prop, sense deixar-la.

—Si us plau, no tinguis por. No hi tornem ara. Mira, quan et dic que m'atraus no parlo del teu cos, sinó d'alguna cosa que no sé definir i que tampoc tu sabries veure en un mirall. Percebo alguna cosa especial en tu, si fos hindú et parlaria de txakres, si fos budista et parlaria de l'aura. Alguna cosa molt forta que m'apropa i em vincula a tu més enllà de l'aquí i de l'ara. I passo de religió i de tota aquesta merda. Però és així, i així ho sento i em sobrepassa, tot i que no és la primera vegada que em passa.

—No sé què pensar, què vols de mi? El que ara em dius no em quadra. —Anava dient mentre prenia distància.

—No t'allunyis. Ja t'ho he dit abans, i si vols t'ho torno a dir ara, encara que et sembli estrany no t'estic tirant els trastos, deixa'm explicar-me. Vaig néixer intersexual, saps què vol dir? Vol dir que un metge va decidir per mi que jo seria un nen. El doctor va interpretar que aquest cos, que m'identifica i m'empresona, s'adeia més amb el d'un nen que amb el d'una nena. Podien haver decidit que fos una nena, però no, i els meus pares, pobres d'ells, es van deixar guiar, tot allò se'ls feia tan gros. Van decidir construir-me un penis amb la meva pròpia carn. Un fal·lus petit que no trempa ni ha trempat mai, un tros de carn en el qual no tinc més sensibilitat que en les plantes dels peus o en els palmells de les mans. Potser si haguessin decidit que fos dona tot hauria estat diferent. Però penso que no, que no es tractava d'això, no tothom hem de ser una cosa o altra. Si m'haguessin deixat tal com era potser m'hauria definit o potser no, no puc ni podré saber mai quina hauria estat la meva identitat. No puc retreure'ls res, però. Si hagués nascut a l'Índia hauria estat directament un *hijra* i m'hauria tocat adorar *Bajuchara Mata*. Això no hauria estat pas millor que el que m'ha tocat viure aquí, ja ho sé, però hauria tingut un espai i un rol concret en la societat. És una merda, però ens toca ser com som en funció de com naixem. Potser no t'ho deus haver plantejat mai i ja t'està bé ser com ets, però has imaginat com series si en comptes de néixer dona t'hagués tocat ser home? O encara més difícil, si haguessis nascut amb el sexe dels àngels com jo, i haguessin triat per tu què havies de ser per encaixar en aquest món? El dubte és una constant, un problema constant que m'ha acompanyat sempre. I diràs, per què m'explica tot això aquest ara? Ja t'ho he dit i t'ho torno a dir, t'ho explico perquè crec que ets una persona especial, una persona amb una energia que m'atrapa i necessito dir-t'ho, necessito que ho sàpigues, abans que ens separem i marxis tu per un costat i jo per l'altre. No et ratllis, només busco algú que m'escolti, amb qui m'entengui i que m'accepti tal com soc, ni home ni dona, vull donar-ho tot a una ànima lliure disposada a ser estimada.

L'Estel respirà més confusa que alleujada. No entenia res, se sentia com una criatura d'escola quan li demanen de sortir per primera vegada. Era precisament aquella sensació de no tenir referències anteriors el que per una banda l'aterrava tant que la lligava de braços i cames, i el que la rosegava per dins, com un instint ancestral que paradoxalment la protegia davant el perill i la impulsava cap al desconegut sense pensar-ho dues vegades. Prou problemes tenia ella com per embolicar-se ara, i més encara amb algú així carregat de dubtes fruit de la seva indefinició o de l'excessiva definició d'una societat quadriculada. En qualsevol cas, per què se n'havia de fer càrrec? Segura, l'havia descrit com a segura, a ella, a una cagadubtes que cobria amb una pàtina de certesa absoluta, amb una cuirassa d'autosuficiència sobrada, amb un posat que havia après de sa mare, aquella dificultat gairebé patològica per prendre decisions que no podia ser altra cosa que innata. Des del primer moment aquell ésser estrany li havia fet mala espina, tot i que hi havia un qui sap què que feia que el busqués de cua d'ull sense adonar-se'n. Li hauria agradat conèixer-lo, segur que era interessant i d'atractiu no li'n mancava. Ara, així? No, ni així ni ara. No sabia com desfer-se'n, sempre li havia costat moltíssim dir no, però tenia clar que com a amant no li feia gens el pes, i que com a parella no en volia saber res, de fet no en volia saber res de ningú ara. A més, què en dirien els pares si tornava a casa acompanyada per algú així? I els amics? I els germans? Seria la xerrameca dels Refugis. Ella sempre havia estat molt discreta i mai no li havia agradat cridar l'atenció per res. Com li ho diria? com li ho faria saber? Ella era una noia oberta de mires i en cap cas volia que pensés que el rebutjava per prejudicis. A ella li agradaven els homes, bé no tots els homes, però mai no s'havia imaginat fent l'amor amb ningú que no tingués un membre entre les cames, bé ho havia intentat i li havia funcionat al principi, però el seu cap després la duia a sentir com aquell tros de carn la penetrava. I això no eren prejudicis, sinó gustos, però això no volia dir-li, no podia, no fos cas que li respongués que com podia saber que no li agradaria si no havia provat mai encara. Si dir no sempre li havia suposat una feinada, ara més encara. I d'altra banda tampoc podia negar que sentia alguna atracció per en Buba, però ella, precisament ella, sempre trobava alguna cosa que l'atreia de tots els homes que coneixia. No podia desfer-se'n, no podia desentendre's, sempre hi havia quelcom. Aquest cop no seria una fleuma i no diria sí per pena i qui sap per què, com havia fet abans, ja que el que havia decidit després de la darrera vegada era recordar què això mai no li havia anat bé, que actuar així no funcionava.

—He tingut males experiències abans amb homes que m'han promès l'oro i el moro i després de follar amb mi m'han fotut una puntada de peu al cul i m'han deixat tirada. Tots sou igual. Se me'n fot que em posseeixis de cos o d'ànima. No vull cap relació, de cap mena, amb ningú.

—Jo no soc ben bé un home i el darrer que vull de tu és posseir-te i encara menys follar-te... començo a dubtar de la meva intuïció, jo creia que sabries escoltar-me.

—I t'he escoltat, però encara no sé què vols, què em demanes? —La noia era conscient que no l'havia encertat gens, però no sabia com explicar-se, de fet com recordava haver-ho fet abans no servia per ara.

—No et demano res, només vull donar-te —respongué rotund i sincer en Buba, mantenint directa la mirada i sense moure ni un pèl les pestanyes.

—Mira Buba, així de simple, no és no! —i ella i les seves pors fugiren com un llampec a la cerca del grup, del confort d'una petita multitud on amagar els seus pensaments i protegir-se de reflexions que no li abellien perquè mai havia tingut necessitat de plantejar-se, i de preguntes que li resultaven incòmodes, senzillament perquè no hauria sabut respondre ni en tenia ganes.

Solitudinem fecerunt, paccem apellunt.

Van fer un desert, l'anomenaren pau.

Publius Cornelius Tacitus

XVII

Després de tantes nits sense un matalàs com cal tenia el cos entumit. Mentre avançava feia esforços per recol·locar-se. Ara tibava els ronyons, ara una espatlla. No volia perdre el pas del grup. La seva esquena ja no era el que havia estat quan passava mesos sencers dormint en qualsevol forat, fugint, de cop en cop, sense deixar rastre. Les havia passades magres, sort que no l'havia destorbat aquell dolor que el colpejava ara. El mal davallava tota l'espinada i s'irradiava en la natja esquerra, recorrent fins a la cama. Mentre serrava les dents, per dissimular feia balanç d'encerts i desencerts que havien provocat que s'hagués esllomat. Coixejava, i la metgessa, que caminava al seu costat, va adonar-se'n.

—Què tens Carles? Et trobes bé?

—Em fa mal molt de mal des de l'omòplat fins a la cama. Prefereixo no parlar-ne.

—Em deixes que t'ho miri?

—Després, al vespre, no pas ara.

En passar pel costat d'una estació de tren que quedava soterrada, van apartar la vista. Davant seu, inerts i surant, entre la runa i la mar embassada, una multitud de cossos inflats s'apilaven desendreçats, amagant les escales, uns damunt dels altres. Aquella imatge desmentia qualsevol que hagués pensat que si la nit de l'onada hagués existit un bon pla d'evacuació, el metro hauria esdevingut refugi i s'haurien salvat moltes vides.

En Mama tenia raó quan havia dit que les estacions de ferro-carril no eren una prioritat. Les boques d'entrada havien fet de xucladors i com immensos desguassos havien originat remolins colossals que havien engolit milions de metres cúbics d'aigua i arrossegat cap al fons, amb ells, tantes vides com s'hi trobaven. Feia anys que moltes línies i parades tenien problemes amb la capa freàtica, i habitualment no funcionaven perquè les vies estaven inundades. Temps enrere les bombes encarregades d'aspirar havien deixat de funcionar de manera constant. Les dificultats en el transport van coincidir amb la caiguda de l'electricitat que va provocar el final de la xarxa. O bé amb la fi de la xarxa que va provocar la caiguda de l'electricitat. Ningú sap ben bé si va ser abans l'ou o la gallina. Sense corrent no funcionaven les màquines, i sense computadores generadors i centrals van aturar-se els mecanismes d'alimentació de la xarxa. L'esgotament inevitable dels recursos i l'abús del consum, el sabotatge físic i els cíberatacs, tot plegat havia provocat el col·lapse. No hi ha res com l'acció coordinada. Les aturades periòdiques, cícliques, diàries es van normalitzar, fins que en dues fases consecutives es va racionar i restringir el consum de llum, primer a les cases, amb unes tarifes inassequibles, i després als espais públics, fruit de la mateixa dinàmica. Rere el preu s'amagava una realitat molt més complicada de resoldre, ja que l'oferta no era suficient per satisfer la demanda. Allò que quatre feia anys que anunciaven, i que ningú no volia escoltar, havia arribat. Tot això passava pel cap d'en Carles. Cavil·lava, sense saber si el martiritzava més el dolor agut que des del moll de l'os s'irradiava o els pensaments fútils que l'abordaven. Seguia plovent, el sol es feia fonedís, i un filtre boirós tenyia la llum de dol. En Carles va començar a plorar com no recordava haver-ho fet mai abans.

—Ei Carles, atura't, vull ajudar-te. Deixa'm fer-te una frega, a veure si se't calma.

—No és només l'esquena, és més profund encara.

—Aturem-nos igualment. Seguiu el pas, ara us atrapem. En Carles no pot continuar.

—Seguirem una mica més, i si no veniu darrere nostre aturarem el grup. En cap cas hem de perdre el contacte. —Va imposar el milicià corresponsable d'aquell grup.

—Arremanga't, si us plau. —Va demanar-li la Tània mentre friccionava les mans per escalfar-les—. Et faré un massatge. Què tens? Explica'm què et passa. Segur que puc ajudar-te.

—Aquesta imatge m'ha impactat. Bé, no puc treure'm del cap res del que he vist fins ara. Quan parlàvem de col·lapse i de desastres ambientals, almenys jo, mai no hauria imaginat això. Mai no hauria pensat que ens tocaria tan de prop. Tampoc vaig voler pensar que fos tan greu quan l'Estel ens explicava tot el que havia passat, ni quan van explicar-nos-ho al camp. De fet, crec que he evitat adonar-me'n fins ara. Sé que soc aquí, que he vist el que tu també has vist i que com tu he ensumat el tuf a mort. Però fins ara... És massa, massa fort, massa de cop. Em toca molt endins pensar el que no vam fer, el que no vam ser capaces de fer. Potser si hagués arribat abans la fi dels combustibles fòssils, el *pick oil* preconitzat, no seríem on som ara. Potser si l'economia no ho hagués governat tot, si el moviment hagués estat més unit, si hagués tingut més força, no haurien pogut enredar la gent. Però la gent creia el que volia, estava disposada a agafar-se a un clau roent, a creure's cegament allò que l'havien convençuda que li convenia. I després del petroli els havien promès l'era de les renovables, i calia tenir fe, que qui ho deia bé sabia com s'ho faria. Així que els quatre arreplegats que vam alçar la veu, per dir que no hi havia prou petroli, ni energia alternativa en aquest món per fabricar els ginys necessaris per fer la transició, i que l'única solució era reduir immediatament el consum i la producció, vam ser objecte d'escarni, menyspreu i mofa. Apocalíptics, gurus de la por, sectaris... I la vergonya i el terror que ens assenyalessin ens va fer abaixar el to.

—Un moment, agafa aire.

—Ai! aquí.

—Això que et premo és un punt reflex. Aguanta una mica, et sentiràs millor. Estàs totalment contracturat. No han estat només les nits, és l'estrès i el xoc i aquesta humitat no hi ajuda, tampoc. —Digué la metgessa, mentre premia amb força la cadena de punts que activava el dolor.

—Al país de l'avi és freqüent que allaus de fang es mengin barris sencers, que els tornados es cruspeixin ciutats fent desaparèixer cases i gent. I la gent es resigna i prega però no s'hi acostuma mai. També passen desastres semblants a molts d'altres països on he estat treballant com a cooperant. La voluntat de Déu no es pot combatre diuen, però la voluntat de Déu afecta sempre, amb diferència i amb més duresa, les persones més pobres de les poblacions més vulnerables. Sempre, una vegada i una altra toca el rebre als mateixos.

—Tens raó, fins ara ha estat així, i els efectes de l'estúpida superioritat etnocèntrica han colpejat més durament les mateixes comunitats que quedaven al marge dels beneficis del mal anomenat progrés. En soc plenament conscient. Però això ha acabat i ara ja és massa tard, per a ells i per a nosaltres. Fa anys que sabem, fa anys que ho cridem i ningú, bé, pràcticament ningú ha volgut escoltar. Gran part de la gent d'aquí, entre el cofoisme i la ignorància, es conformava i confonia amb el discurs oficial el discurs del tot està sota control, vetllem per la sostenibilitat global, pel vostre confort i seguretat. Alguna gent va tancar els ulls i va tapar les orelles, sabia que el que dèiem era cert, però preferia seguir fent i mirant cap a una altra banda, qui sigui ja s'ho trobarà i mentrestant *carpe díem*. Altres, amb estils de vida més místics, feia generacions que es preparaven per a la fi del món i l'inici de l'eternitat. La vida era simplement un trànsit cap al més enllà, i no vindria d'això ara. Assumien obedients la voluntat del Totpoderós i deixaven en un segon pla qualsevol responsabilitat humana. Cap al més enllà de què? De qui? D'on? Tot era qüestió de fe, no en va s'anomenaven creients. I fins aquí tot era picar pedra, tot era avançar com formiguetes, per canviar la mentalitat i fer que tothom assumís que el consum sense límits i el creixement continu que hi estava associat eren absurds, impossibles des de la lògica i la física terràqüia. En un sistema finit, en un planeta finit, només era possible seguir creixent gratant la terra allà i aquí, cremant i empastifant l'aire...

—A veure, un moment, respira fondo. Ara et farà una mica de mal. Estigues quiet.

—Ahhh! Hòstia, sí que fot mal.

—Com que aquí no hi ha cap espai on estirar-se, així a peu dret faig el que puc. Flexiona el tronc suaument. Molt bé, així, a poc, a poc. Ara notaràs que et tiba. Molt bé, una mica més i haurem acabat aquesta part. Et sents millor?

—Sí, se m'ha alleugerit força.

—Bé doncs ara busca un lloc on puguis seure còmode i descalça't.

—Aquí va bé?

—Millor allà, així tinc un bon lloc per a agenollar-me al teu davant. Molt bé! Treu-te els mitjons també. Et faré un massatge als peus, a partir del poc que sé de reflexologia podal. Alça la cama dreta, recolza-la damunt la meva falda. Segueix parlant, que també t'ajudarà.

—Això que et deia, que la majoria creien, o els havien fet creure, que l'aigua, la terra i l'aire eren inesgotables. I vam lluitar per canviar aquestes creences, per redreçar la voràgine, però el problema era tan greu, ho veus, oi? que amb això no n'hi havia prou. Calien canvis radicals i qui els havia de tirar endavant no hi estava disposat a impulsar-los. I la batalla es va fer més crua. Ecologistes contra capital, i fruit de la conjuntura, contra capital i treball. Ningú pensava si el treball que prestava era contrari al bé comú, a la salut o a la natura. Només importava treballar per tenir diners per sobreviure. El salari encara era el centre de tot, i ningú, absolutament ningú, estava disposat a renunciar-hi. Tothom, sindicats al costat de patronal, defensava un lloc de treball, encara que fos altament tòxic, altament contaminant.

—Prova d'agafar aire pausadament pel nas. Deixa'l anar lentament, així, molt bé. No cal que callis, pots seguir parlant, però vull que regulis la respiració. Aire pel nas, exhala.

—Vam seguir amb els discursos i els plets, vam ocupar ajuntaments i tribunals, però no n'hi havia prou, no. El monstre era massa, massa gran. Els protegia la llei i les altes institucions i sobretot el pacte no escrit entre el vell món del treball i el nou capital. Si no canviava la forma de producció, el model de relacions, no canviaria el consum, i cada cop érem més a prop del col·lapse. Uns quants aquí i allà, vam decidir que calia posar el fre, que fos com fos calia aturar la destrucció i vam fer nostra la tradició del sabotatge. Era arriscat, ho sabíem, però més arriscat era restar de braços plegats. Vam tombar torres d'alta tensió, vam tallar canonades de gas, vam aturar indústries tòxiques, vam impedir el pas de vaixells i vam paralitzar explotacions mineres. El preu va ser alt, ja t'ho pots imaginar:

clandestinitat, exili, presó i fins i tot l'assassinat. Tot el moviment va ser criminalitzat i tota la repressió que vam patir va ser fruit d'una campanya de desprestigi i ostracisme de manual.

—Un moment, acota el cap. Buf, com tens les cervicals. Prova de relaxar-te, va, que ja estem acabant. Un parell de minuts.

—Tens unes mans... màgiques? Ets una artista.

—No és màgia, és ciència, pura tècnica, coneixements i molta pràctica.

—Bé, gràcies. —El seu rostre havia traçat un somriure ampli, d'orella a orella—. M'agradaria seguir-te explicant tot això que em remou l'estómac i em fa trontollar per dins. Amb el panorama que t'he dibuixat, no és d'estranyar que una part, donant la batalla per perduda, seguís aquells grups que ja havien pres la determinació de centrar els esforços a preparar-se per aquest moment, fugint cap a les muntanyes i replegant-se. Potser tenien raó, ja ho veus, mira el panorama. Hem perdut, el col·lapse que pregonàvem ha ensorrat la civilització que hem conegut fins ara. Tant de bo hagués pogut fer-ho també jo.

—Haver fet el què?

—No sentir-me compromès amb la humanitat, no preocupar-me, no patir per les altres. Tant de bo hagués pogut desprendre'm d'aquesta manera de viure, d'aquest humanisme després que m'interpel·la.

—Desprendre't? Desentendre't? No series tu, ni jo estaria amb tu aquí i ara. Penso que si ens desprenem de l'essència que ens fa persones deixem de ser dones i homes.

—Després de veure el que he vist no puc fer altra cosa que dubtar.

—Abans has dit que si el moviment hagués estat més unit, que si hagués tingut més força potser tot hauria estat diferent. Així de què dubtes ara? Segur que estàs pensant, i aquesta què diu ara? Tens part de raó, però només part. Cal que sàpigues que aquelles que hem treballat en projectes d'intervenció en desastres tenim clar que la natura cal cuidar-la. Saps com en diuen al delta del Níger del petroli? Segur que sí. La merda del diable. Les que som solidàries, perquè som humanistes, hem après que sense natura no hi ha vida i que cal posar la vida en el centre independent que es tracti de vida natural o humana. Així que sí, que encara que no hagi estat activa en el moviment ecologista, per mil raons que no venen al cas ara, soc com tu, penso com vosaltres. Ara no és moment de posar-se melancòlic, és moment d'ajudar i de lluitar per reconstruir aprenent del passat.

—Ei, no és pas melangia el que em passa. Estic confús i desbordat. No sé si tinc, i encara menys si tindré prou forces per seguir. M'he passat la vida lluitant, de derrota en derrota, i cada cop que aixecàvem el cap, passaven el corró. Hem estat lluitant contra rellotge guanyant temps, perquè el que preconitzàvem no arribés mai. Ara sé que només vam aconseguir ajornar el desastre, el col·lapse al qual estàvem abocats. I no vam ser nosaltres qui després de deixar-nos la pell vam posar fi a la carbonització del planeta, van ser ells i els seus mercats qui, quan el suc que arrencaven de la terra va deixar de ser rendible, van reservar-se l'exclusivitat de les restes. I vam pensar que la seva desgràcia seria la nostra sort, la sort del planeta. Van aturar les màquines i es van dedicar a viure de renda. Van esprémer tant com van poder i van retallar qualsevol despesa que no els donés un benefici directe. Van desmantellar tot allò sobre el que no tenien control. I ara què vols fer, ja ho veus, no els importem una merda. Qui ha vingut a rescatar-nos? On són els seus exèrcits privats, els seus cossos de seguretat? Protegint les seves fortaleses. Tenim forces per fer-los caure? Per enderrocar els murs? O primer hem d'alçar teulades per aixoplugar les nostres penes? Els que van dir que després del col·lapse vindria la fi del capitalisme, on són ara? Amagats a casa seva, protegint les seves terres. I què faran quan arribin famèliques a casa seva aquelles gents que res no temen perquè res no tenen a perdre? Què faran quan arribin les legions de miserables?

—Mai no he cregut en la fi de res, menys encara en la fi dels temps. Mira, sé com tu que aquesta realitat és fumuda, molt fumuda. Però, com l'au fènix, renaixerem de les cendres. No infravaloris el poder de la gent, ja has escoltat abans a la ràdio que hi ha avalots arreu i que gran part de la seva guàrdia es rebel·la. Tu creus, del cert, que algú es deixarà enredar després d'aquesta? Qui va creure que el col·lapse era una oportunitat per tornar a començar s'adonarà de cop que qui abandona està perdut, perquè només qui lluita pot vèncer. Viure al marge no ha servit per a res, només per fugir d'un problema que no sabien com afrontar, perquè se'ls va fer gros. Tan gros com a mi. Estic segura que la majoria de la gent que va marxar a preparar-se per al postcapitalisme que vindria després del col·lapse sabrà ser solidària amb les que arribin i, si no, no els quedarà altre remei; per la força només tenen les de perdre. Almenys jo no em volia salvar sola, i entenc que la meva opció ha estat simplement això, la meva.

—Si la teva opció hagués estat la seva ara no seríem on som.

—Potser, només potser. No he volgut mai sentir-me pel damunt de les altres. Si alguna cosa menyspreo són precisament aquests aires de superioritat. La meva opció no ha estat gratuïta, no he fet el que he fet perquè sí, i tampoc sabria dir-te ben bé per què ho he fet. He decidit viure així primer de tot perquè em feia sentir bé amb mi mateixa i després perquè tinc plena consciència que res no és meu, tot és prestat, perquè aquí hi som de pas. Som on som i no hi ha marxa enrere. No tenim la clau del temps, de què nassos serveix ara encaparrar-se pel que hem fet i pel que hem deixat de fer? Fa anys vaig deixar córrer les utopies. Les clatellades de la vida i les necessitats immediates van fer-me desistir i deixar a un costat el camí que avança cap a indrets impossibles. Fins aquell moment mai encaixava enlloc. Necessitava que tot fos com jo estava convençuda que havia de ser. Em guiava únicament pel meu propi concepte de coherència i perfecció, per això o bé restava paralitzada i al marge, o bé participava en col·lectius molt petitons, compromesos en tot i en res, saltant d'impotència en frustració. Va ser el darrer dels desencisos el que en comptes de tancar-me més i més en la closca de la puresa i la perfecció va ensenyar-me a superar les contradiccions. Des de llavors no he deixat de somniar, ni un segon, en una societat ideal, però conscient que això era un somni, una quimera, m'he concentrat en petites accions que em semblaven realitzables. Soc d'aquelles que pensen que sempre hi haurà alguna cosa a fer, saps? Alguna cosa insignificant que ajudarà a millorar aquest món. I avui, després del terrabastall i la desolació, caldrà que siguem més íntegres i pràctiques que mai. Pragmàtiques, posant les conseqüències dels nostres actes per damunt de tot. Els efectes de les accions són més importants que els discursos que els acompanyen. Penso que moments com aquest són els que per força ens defineixen tal com som. Ara podem triar entre tornar a casa i construir la nostra fortalesa o aprendre del que ha passat i ajudar la humanitat a renéixer. Les paraules podran captivar-nos més o menys però no hi ha altres opcions. Em sembla que, com jo, tu ja has triat. Per això som aquí i per això des que t'he conegut no em separo del teu costat.

—No et discutiré el que dius ara. Després d'això en soc incapaç. M'has descarregat tots els rocs de la motxilla de l'esquena, m'has desestressat tota l'ossada. És el millor massatge que mai m'han fet. Abraça'm, si us plau, abraça'm. On eres, Tània, on eres?

Aber wir sind nicht verloren, und wir werden siegen,
wenn wir zu lernen nicht verlernt haben.

No estem perduts, al contrari, guanyarem
si no hem desaprès com aprendre.

RÓŻA LUKSEMBURG

XVIII

Se sentí l'eco sord d'un tret. Pel so era el projectil d'un fusell d'assalt. Després d'aquell tret, cap més. Plors i xiscles estridents procedien del mateix indret. L'home que obria el grup, contenint un crit d'esglai, va retrocedir en direcció al seu oficial. Un i altre s'aproparen, i després de parlar, el que feia el paper de comandant donà ordres als civils de cercar un parapet i als militars de desplegar-se en posició de combat. Rere les runes d'on venia el soroll i els laments hi quedava ocult el barri més pobre de la ciutat. Els talussos encofrats, que havien estat construïts per evitar despreniments i sempre havien suposat una frontera física i simbòlica amb la resta de la conurbació, havien fet de contrafort esmorteint la força de l'embat. El conjunt d'edificis malmesos i degradats s'alçava encara, malgrat tot, damunt el diminut altiplà coronat per la grisor de façanes decrèpites. Tot el sistema de blocs s'organitzava a partir d'un únic accés a l'entorn d'una petitíssima plaça quadrangular, ubicada geomètricament en el centre del suburbi. El complex, tan auster que no tenia balcons, havia resistit gràcies a la seva estructura modular de minúscules portes i encara més petits finestrals. Per aquella imatge compacta i aïllada, i pel caràcter de barriada tancada en sí mateixa, on es barrejaven l'orgull i l'estigma de formar-ne part, tothom coneixia aquell racó a tocar del postergat polígon industrial amb el malnom de "la

Caserna". Pel deslluïment dels arquitectes que l'havien plantejat, si n'hi havia hagut cap, més aviat semblava inspirat en una presó de mitjans del segle xx, sense barrots ni filats. No obstant, al veïnat d'aquell barri li agradava dir-ne públicament, amb to sarcàstic i fanfarró, "la Catedral". Evidentment, tot i la imatge d'inexpugnable, no havia resultat indemne a l'impacte rabiós del mar, i les úniques escales per les quals es podia accedir al turó sobre el qual s'alçaven les cases s'havien convertit en un immens esvoranc. Un dels murs principals havia caigut, empassat pel forat, les parets estaven malmeses i tortes i no quedava ni un vidre que no fos trencat. Però hi havia vida, segur que hi havia vida, vides per salvar. També hi havia mort i així ho certificava el rostre de l'explorador que anava al capdavant. Un tap de cadàvers entaforats bloquejava l'accés principal. Els soldats van vorejar el recinte tan arrambats com podien a aquella muralla inclinada. Una dona vella i escanyolida treia el cap i feia senyals des d'una finestra del tercer pis.

Als minuts de l'avís va arribar a la Caserna el vehicle més gran de tot el comboi. Calia obrir pas. Les rodes dentades i el cabrestant permetrien al camió verd caqui enfilar-se fins l'accés principal. La força de les màquines i l'enginy humà salvarien les barreres de la inaccessibilitat. Un cop dins van descobrir, esparverats, amplíssimes esquerdes en els fonaments centrals. Un munt de ferralla, que per la dimensió dels accessos semblava que només podia haver entrat empès per l'onada a través del terrat, presidia aquell pati. Calia apressar-se a evacuar tothom que quedés amb vida abans que la plaça sencera s'enfonsés i ensorrés amb ella tota l'illa de cases. En escoltar el motor, una desena de persones s'anà apropant a la plaça. Una altra mitja dotzena sortí a les finestres demanant ajut. Un noi molt jove seia a terra recolzat en un pilar, tenia un mosquetó a la falda. Va explicar, sense immutar-se, que després de prendre-li de les mans al seu avi, per tal que no se suïcidés, havia buidat el carregador amb el darrer tret. Tot i això no havia pogut impedir que en un descuit l'avi es llancés claraboia avall. Excepte l'adolescent, només s'havien salvat els tolits i els malalts. L'atzar havia capgirat el destí d'aquell veïnat, i de la ciutat. Tothom que n'havia estat capaç havia sortit corrent al carrer després del primer tremolor. L'agitació de la terra havia fet estremir-se els cors. L'entrada taponada descrivia el que havia succeït allà. L'estreta sortida havia fet d'embut i els prop de dos milers de persones que vivien a "la Catedral no van ser a temps d'escapar-se per aquell forat. El tsunami va arribar de sobte escombrant d'un cop les que es creien a recer, bocana i escalinata avall, colpejant i ofegant entre aquells murs tancats qui estava esperant per sortir. Contràriament al que ningú hagués imaginat, només restava en vida qui estava més a prop de la mort natural. Era una prova que refutava qualsevol teoria pura sobre darwinisme social.

Ràpidament s'hi va afegir un altre grup i, com si haguessin estat anys preparant-se per allò, van improvisar una cordada i lliteres que els ajudarien a despoblar aquelles cases, organitzant el rescat i l'hospital de campanya. En Mama no va dubtar ni un moment a accedir a l'interior per fer costat als seus companys, rere d'ell, grimpant com una cabra, s'enfilà en Buba. Aquell era el barri de la ciutat amb el percentatge més alt de població africana i aquesta qüestió els feia sentir-se més solidaris encara. Al pla, la metgessa reclutava suport d'infermeria que l'ajudés a atendre qui ho necessités i fer-los les cures, i demanava a en Carles que ubiqués, el més proper possible a l'ambulatori, un punt d'avituallament per proveir immediatament, a tothom que ho necessités, una ració de menjar i aigua. La resta va moure's àgil, sense esperar ordres, ocupant-se on calia, fent foc, muntant lones, cuinant, carregant, acompanyant vells, ferides i malalts o simplement fent costat emocional a unes víctimes que ho havien perdut tot, la família i la casa, el passat i el futur, la seguretat i la confiança. Que ho havien perdut tot, tot menys la vida. Com explicar per què s'havien salvat elles, ells que no podien refer-se, elles per a qui no hi havia esperança. Només el noiet de l'escopeta podia mirar endavant, només ell podia preveure que la vida que havia salvat, si res no ho estroncava, seria llarga. L'evacuació havia estat més ràpida del que ningú hauria previst, però amb això no n'hi havia prou, aquella gent no podien caminar, no podien seguir el grup, i afegits a la dona i el xiquet que havien trobat abans serien un destorb per seguir avançant. Després d'una breu reunió de coordinació van acordar que amb dos vehicles agruparien la vella i el marrec amb les dinou persones que havien rescatat ara i les conduirien cap al camp, a tocar de la terra erma. Caldrien voluntaris i soldats per fer-los costat. El comandament va classificar l'operació com a perillosa, de manera que va decidir destinar-hi un terç del gruix dels milicians armats i el mateix nombre de civils, amb l'Òscar al capdavant.

—Voleu dir que calen tants homes per acompanyar aquesta gent al camp?

—Desconeixem si al camp hi haurà un cert ordre o si s'hi haurà imposat el caos. Com bé saps ens hem endut la ràdio i no podem comunicar-nos.

—Bé, estic convençut que tot estarà en calma. Continuo pensant que no cal destinar tants recursos a un simple trasllat.

—Leonard, em sap greu no haver-t'ho dit fins ara. En Karel és un traïdor. Per això no ha vingut amb nosaltres. —Digué sense embuts en Carles—. En aquell moment vam avaluar la situació amb l'Òscar i en Mama i vam decidir que era el millor per a tothom. Lamento que cap de nosaltres, un per l'altre, no haguem trobat fins ara un moment per explicar-t'ho. Ens va costar molt arribar a convèncer-te que el més apropiat era deixar-lo al capdavant del camp. Sé per l'Òscar que és molt dur el que et dic, però, malauradament, en tenim més que indicis, proves. Tot i que el vam deixar sense armes i sense ràdio, i controlat per dos guàrdies de la confiança d'en Mama, ves a saber si no deu haver rebut alguna visita i ara compta amb suport de l'exterior. Per aquest motiu cal que estiguem preparats per a qualsevol situació que puguem trobar-nos.

En Leonard ensorrà les espatlles i amagà el rostre. Poc que podia imaginar-se que aquell home que temps enrere l'havia salvat d'una mort segura, pel qual hauria donat la vida, un home del qual estava segur que podia refiar-se'n, fos un infiltrat, un agent doble o un confident al servei de l'oligarquia i els tecnòcrates. Li costava de creure-ho, malgrat que venia de qui venia. L'Òscar va apropar-s'hi, li col·locà la mà damunt del muscle i s'enretiraren tots dos a parlar-ne. Van tornar altre cop amb el grup, passada una estona més breu del que ningú esperava.

L'operació va continuar, el treball era la millor manera per no pensar, de sobreposar-se. Després d'assegurar-se que no quedava ningú en vida, i finalitzada l'operació de trasllat, la columna inicial s'havia reduït a poc més de la meitat. Per una qüestió operativa, ateses les complicacions amb què havien ensopegat, van decidir concentrar esforços i mantenir totes les energies en una única unitat. El comandament seria compartit, de la defensa se n'encarregaria l'Espartacus, de la part mèdica la doctora Tània i de la logística en Leonard, un home que, pels anys que havia passat entre barrots, havia après a alçar-se després de cada ensopegada, i havia esmolat l'enginy fins a punts insospitats. A en Carles, pel seu paper de nexe, li va recaure la coordinació de totes les parts. La columna va seguir avançant lentament, tal com havien estipulat. Només els quedava l'esperança de trobar supervivents en un bloc que es mantenia alçat miraculosament, enmig d'un desori de runes, la darrera opció en aquella estepa àrida i desolada.

Recordar els carrers d'aquella extensa i fèrtil planura de cases arrenglerades en un i altre cantó, recordar el xivarri i el tràfec de gent amunt i avall, recordar a totes aquelles persones que coneixíem, i veure fins allà on abastava la vista que tot s'havia convertit en un abocador incontrolat sense límits era descoratjador. En Leonard, un líder que no volia ser-ho, era un expert a llegir l'estat anímic de les persones que l'envoltaven, i sabia de la importància de la motivació per assolir els resultats. Necessitava espolsar-se de sobre aquell disgust i sabia que, i més en aquells moments, el millor era fer-ho acompanyat. Va veure clar que calia una empenta, unes paraules per poder trampejar el desastre provocat pel temporal, i com sempre havia fet, acceptant el repte que el destí li posava al davant, va projectar la veu que li sortida de les entranyes.

—Recordo quan em van recloure per condemnar públicament els crims que s'havien comès contra la humanitat. En aquell discurs, que va costar-me la llibertat, vaig demanar que el poble passés comptes amb els genocides que havien decidit que no els importava matar-nos de mica en mica mentre veiessin créixer els seus guanys. Aquella va ser la primera vegada que vaig entrar a presó i em vaig ensorrar. Allà vaig trobar l'Òscar, que va fer-me veure que calia ser fort, que calia fer-nos costat per sobreposar-se davant de qualsevol adversitat. Només així érem invencibles, només així els nostres somnis es farien realitat. I avui miro tot això i em poso les mans al cap, no desitjo altra cosa que salvar tantes vides com pugui, i justícia per a tots els assassinats. Sí, assassinats, què això no ho ha fet sola la natura. Hi ha responsables que ho han provocat, per la seva avarícia, per la seva cobdícia, el seu egoisme, la seva inhumanitat, han provocat la barbàrie i el caos. Acabem aquesta feina, fem justícia i construïm un món on capiguem totes i on totes tinguem el dret a viure amb dignitat.

Era conscient, per una vegada, que aquelles paraules, que havia escoltat i repetit tants cops, anaven més dirigides a ell que a reparar la moral d'altres. Sentir-se part de tot allò l'ajudava a suavitzar la tristesa que sentia, refermava el compromís i sobretot, després de la decepció amarga, facilitava reprendre la via per a restablir la confiança, cap a ell mateix i cap a les companyes.

L'Estel assenyalà una estreta columna de fum que s'enlairava dalt de tot del darrer edifici que es mantenia desafiant, sol, enmig del runam.

—Allà hi deu haver gent amb vida, n'estic segura. Som-hi!

میان تاریک تو را صدا کردم سکوت بود و نسیم
که پرده را می برد . در آسمان ملول ستاره ای می سوخت
ستاره ای می رفت ستاره ای میمرد

En la foscor vaig cridar-te, tot era silenci
i una brisa que s'enduia la cortina.
En el cel apagat una estrella cremava, una
estrella partia, una estrella moria.

فروغ فرخزاد (FORUGH FARROJZAD)

XIX

Aquella nit va passar-la al sofà de casa. Estava disposat a parar l'orella, però no tenia paraules. Ella va demanar que la deixés sola i jo vaig complaure-la. Així va quedar-se escoltant pensaments, sense destorb, plorant la seva companya.

Provava de recordar, tal com ella mateixa havia dit i aconsellat una vegada i una altra en situacions similars, els moments feliços que havien viscut una al costat de l'altra. Però només li venia al cap una imatge, ella, la Xesca damunt del llit amb el cap esclafat, esbufegant fins al darrer alè, fins la darrera glopada d'aire. Va restar postrada, fins que esgotada de donar voltes al cap, cansada de tanta llàgrima, va adormir l'embolcall amb la ment atrapada a somiar allò que més desitjava. Eren al seu gorg una càlida tarda d'estiu, assegudes damunt els còdols, arrecerades en el meandre, una a tocar de l'altra. Profundament adormida, exhausta i cansada. De sobte el riu va esdevenir un agressiu torrent tumultuós que feia tuf de salabrosa caleta amagada. L'aigua era freda, gèlida, pràcticament glaçada. Sense poder-hi fer res, impetuosa les arrossegava empenyent-les lluny, separant els viaranys de totes dues, dividint el curs del riu a una i altra banda. A poc a poc el son la va trair fins a trobar-se altre cop tota sola davant d'ella entre les runes d'aquella sala. El subconscient bullia crueltat, estava trasbalsada.

Espantat, em vaig despertar de sobte. Estava molt exaltat i confús. No sabia per què, però cridava. Potser no era jo, potser era ell, qui cridava. Sort d'ell, sort de mi, era terrible, aquella noia que jeia al sofà i feia cara de pànic. Ella, sense pensar-s'ho ni un instant va incorporar-se.

—Què té? Li..., et passa res?

—Qui ets? Què hi fas a casa? Paula! Paula! Paula!

—Soc jo, la Naima, som veïns, se'n recorda? —I la mirada d'aquell home, la meva mirada, la mirada de l'única persona amb qui en aquell moment ella podia comptar, desaparegué entre els núvols que suraven més enllà de la façana. Amb el cap lleugerament inclinat i cot, trasbalsat i amb les còrnies entelades, va semblar per fi que em fixava en la noia.

—Disculpi, no volia atabalar-la, no sé què em passa. M'he llevat esperant trobar al meu costat la Paula. Deu haver estat la imaginació, que m'ha fet una mala passada. Per un moment la memòria m'ha fet creure que no havia passat cap desgràcia.

—Miri'm, si us plau, sap qui soc? Sap on som? Sap què ha passat?

—Ei nena, primer de tot parla'm de tu, i no m'atabalis tu a mi ara. Ha estat un lapsus, no et preocupis, guapa.

Estava estrany, parlava estrany, seguia desorientat, perdut i confós. Per tal de distreure'm i distreure's, oblidant per una estona la realitat que la turmentava i comprovar si era capaç de mantenir l'atenció, la jove s'empescà una juguesca.

—He tingut un somni espantós, necessito parlar-ne.

—T'escolto atentament.

—No vull rememorar-lo, no vull reviure la mala estona que he passat. Simplement voldria parlar-li de la Xesca, a canvi que vostè em parli de la Paula. Ha tornat a cridar-la.

—Tornem-hi? Si us plau, digue'm de tu filla meva.

—Jo també t'agrairia que em diguis pel nom, em fa sentir millor. Què s'hi juga que no el saps?

—Ara mateix, entre una cosa i altra, m'ha fugit del cap, com et deies?

—Naima, em dic Naima. M'agradaria fer una petita cerimònia per la Xesca, res de complex, una cosa ben simple com li hauria agradat a ella. En aquests moments sento la seva força ben a prop. Encara escolto la seva veu i els seus desitjos. Hi ha una part important d'allò que havíem de fer juntes que ha estat truncat per la seva marxa sobtada. Mai més podré fer el que vam dir que faríem, mai més podré planificar amb ella. Fa just unes setmanes va proposar-me de marxar lluny d'aquí, si calia a un altre país, deixar-ho tot i començar de nou. Ella volia ser mare, però no volia ser-ho en un lloc com aquest on el futur és viure en un forat. —La cruesa de les pròpies paraules van ensorrar-la. Quin futur? Quin forat? Era una premonició, una visió? Sabia ella que el present s'ensorrava?

—Ei, saps que t'assembles molt a la Paula? ...Plora, plora, però deixa forces per somriure després de les llàgrimes. Et miro i veig la filla que mai no vam tenir. ...Ets jove, molt jove per fer tot allò que et queda pendent. Cal que sàpigues que sempre, no ho oblidis mai, sempre tindràs al costat la teva companya, allò que n'has après, la seva mirada, ben segur, tan segur com que ella ara mateix t'acompanya. Entenc perfectament on et trobes, ets com jo en un atzucac, a mi em va quedar tant per fer amb la Paula...

En Madaix prengué de les mans la Naima i l'estirà cap al forat obert en l'ampit de la finestra des d'on quedava a la vista una ciutat devastada, buida, deserta, com si després d'un bombardeig hagués estat assotada per la pesta. Els carrers eren plens d'una pasta de runes amuntegades i de lilosos cossos inflats. Més enllà, el mar havia tornat a la calma. Els tons verdosos i ocres d'una mar remoguda i plana, amb taques surants de confuses tonalitats cromàtiques i figures amorfes que es confonien en la llunyania, traslladava la jove a una infantesa solitària. Nostàlgica, pensava per a ella, parlant sense voler, xiuxiuejant com aquella que espera no ser escoltada, tot davant d'aquella imatge.

—De petita fugia navegant pel meu paisatge. Era un paisatge com aquest el que m'acollia quan no podia entendre per què a mi no m'agradaven els nois com a les amigues de qui tot sovint m'enamorava. Una infantesa en què només trobava consol en aquell finestral obert a l'infinit o en els braços del pare. Més enllà dels vidres, com en el preciós quadre d'un paisatge viu i canviant, podia perdre'm. Més enllà de les planures d'oliveres i ametllers gairebé salvatges, ara vestits, ara florits, adés pelats, de camps de blat i sembrats on tan bon punt despuntaven enlaire els brots, com emergien secs els rostolls en una terra eixuta que quedava esquitxada de bales de palla. Un pare que va estar al meu costat, que em va comprendre i acceptar, tot i la seva cultura. Un pare a qui jo vaig estimar amb delit fins que va fer la gran putada a la mare. Va ser llavors quan em vaig sentir més sola que mai i només trobava confort en aquella contemplació pictòrica de la qual semblava que mai ni ningú podria separar-me. I com per art de màgia, del temps i la maduració humana vaig entendre que som com som, que soc com soc, i vaig aprendre a acceptar-me. Només llavors contemplant el món des d'allà dalt, protegida per la torre del castell, des de la distància que em va conferir la perspectiva de l'absència, vaig poder fugir d'aquella imatge que havia segrestat la realitat i edificat un món on la veritat responia als rols d'uns personatges, bons o dolents, que havien nascut perquè en sentís admiració o aversió, estima o repugnància. I vaig entendre'm a mi mateixa com a part d'aquella plana que canviava de colors i de formes i reeixia a manifestar-se tal com era, per més que la seva imatge capriciosa, estació rere estació, tornés a transformar-se. I vaig deixar enrere el poble, i els valors de casa i vaig anar a la ciutat a la cerca d'aquell amor tan difícil de trobar en un poble gairebé endogàmic de tan petit com era, on la mare s'entestava que em fixés en les bondats d'un o altre noi, a buscar-me parella, segura i convençuda que, tard o d'hora, trobaria l'home de la meva vida i la faria àvia. I vaig anar a la ciutat, i vaig perdonar el pare, i vaig conèixer la Xesca, i vaig recuperar la mare un cop ella va entendre'm i acceptar-me.

—Mira l'horitzó. El present és dolor, el futur és molt lluny, més enllà d'aquella ratlla. Estic segur que la teva companya, de la mateixa manera que tu ho hauries volgut per a ella, hauria volgut que continuïs avançant, sempre endavant. No oblidis qui t'ha estimat i no t'oblidis d'estimar-la. —Estava emocionat i commogut, com si hagués pogut, escoltant més enllà de la remor sorda i tenuíssima d'aquells mots, llegir els sentiments ferits de la Naima. Jo, en Madaix havia tornat de cop, potser ens havíem trobat entre oliverars, en els mateixos prats als quals ella havia fugit a refugiar-se. I vaig comprendre, amb lucidesa sobtada, que en aquell moment tan necessari era que ella em cuidés com una filla, com que jo li fes costat com un pare.

Yo me levanté de mi cadáver, yo fui en busca de quien soy.
Peregrina de mí, he ido hacia la que duerme en un país al viento.

Jo em vaig alçar del meu cadàver, jo vaig
anar a la cerca de qui soc. Pelegrina de mi, he
anat cap a la que dorm en un país al vent.

ALEJANDRA PIZARNIK

XX

Mentre fèiem foc amb el marc d'una porta, entre les parets restants del que havia estat el saló de casa, per escalfar la darrera conserva de llegums que ens quedava, vam arrupir-nos cercant la calor de la flama. La manduca precuinada s'acabava, així com pràcticament s'havien exhaurit les reserves d'aigua.

—Saps Naima, encara no m'explico què ens ha passat.

—No l'entenc, què vols dir?

—La Paula es va posar malalta, i no va ser la Paula sola. Van dir que havia estat una passa, però tothom sabia que sense el tomb que va fer el clima el virus no s'hauria estès. Sense la contaminació i les toxines del que ingerim i del que respirem, el sistema immunològic i el sistema endocrí haurien estat preparats per vèncer la infecció i restablir la salut, i ella ...ella hauria tornat a alçar-se. Tu mateixa m'has dit que estàs malalta, tens problemes pulmonars i has hagut d'abandonar la teva ciutat per culpa de la mala qualitat de l'aire. I què hem fet? Hem seguit com si res no passés, com si fóssim déus totpoderosos, confiant cegament en la capacitat de l'espècie humana per resoldre qualsevol problema, encara que molts cops fer-ho suposi que en provoquem un altre. Això ho resoldrà la medicina, això la tecnologia, la ciència sempre avança. I hem oblidat que tots els actes tenen conseqüències i que també som nosaltres qui ha d'afrontar-les. Recordo debats eterns amb les companyes sobre injustícies i desigualtats, on la natura era vista com un context, com un entorn, com l'ambient que ens envoltava. Com un marc secundari al nostre servei o bé com un impediment, un destorb, com una trava. Sí, érem déus centrats només en nosaltres, habitants d'un planeta que ens cridava desesperat i sense pausa. Vam ser poques, molt poques les oïdes disposades a escoltar les seves queixes, les seves proclames, les proclames d'una Terra que és l'embolcall, el sosteniment, la base cabdal, imprescindible de la vida. Bé, perdó, et parlava de la Paula i de com va emmalaltir d'avui per demà, disculpa, me'n vaig d'un cantó a un altre. Em sap greu, no vull marejar-te. Ha passat tant de temps de tot allò i tan de pressa. Es va anar pansint i en pocs dies, en només setmanes, no podia caminar, fins que va perdre pràcticament el control de les cames. Els metges deien que era víric, i que molts dels casos amb què es trobaven remetien sols i els pacients tornaven a tenir plenes facultats i una vida normalitzada. Més que un tema de prevalences era qüestió d'atzar. I per dissort de nosaltres, l'estat de la Paula, dia a dia, va anar complicant-se. Primer vam mirar de fer plans, què faríem quan tot allò passés, com recuperaríem el que estàvem deixant de fer, com viuríem diferent del que havíem viscut fins aquell ara. Vam provar de tot, medicina clínica i tradicional, d'aquí i d'allà, remeis casolans, dietes i potingues, i totes les dietes i els règims que puguis imaginar-te. Fins i tot vam provar tot allò que hauria criticat si ho haguessin fet d'altres. Sí, som així, a aquesta edat millor afrontar-ho que amagar-me'n. La desesperació és el que fa. Però cada dia estava pitjor, i quan s'albirava una petita millora, quan semblava que alguna cosa funcionava, era una falsa esperança. I tots els plans que havíem fet no van valdre de res perquè mai no vam poder fer-los realitat. I vam deixar de fer plans, i vam perdre la il·lusió i vam caure en la desesperança. Per no fer, ni parlàvem, i si ho fèiem era per explorar què faríem si no se'n sortia, ja que cada cop anaven més mal dades.

I mut vaig empassar saliva. La Naima va respectar aquell silenci que per a mi era tan necessari, un silenci que era una passa enrere per seguir saltant endavant. Em calia omplir-me d'aire per seguir buidant-me. Tot això que estava explicant havia quedat allí, al cor o a la panxa, allí on sigui que clausurem el dolor per no mostrar-lo a d'altres. Enclaustrat, des de feia dècades, en un espai que creia hermètic. Ara, a mesura que deixava anar el que duia al pap m'adonava de la llosa que arrossegava, del pes que tot sol, absurdament, havia estat traginant damunt les espatlles.

—Saps, va ser així, temps, tant de temps, massa temps per acomiadar la Paula. Mai no vaig pensar a dir-li adeu perquè em negava a creure l'evidència, em negava a pensar que el pitjor encara havia d'arribar. Era massa dur per a mi, per a nosaltres, parlar-ne. A més tampoc podia fer-ho, no podia ensorrar-me, havia de ser fort perquè ella em necessitava. Ella va seguir pansint-se, de mica en mica, com ens pansim tots però més de pressa que els altres. És molt difícil fer-se'n a la idea, i mai vaig trobar el moment per dir-li el que la trobaria a faltar i que seguiria estimant-la. No gosava. Fins que va ser tard, perquè ella estava absent i havia deixat d'escoltar-me. Per no atrevir-me a afrontar la cruesa d'una llum que s'apaga, vaig perdre per sempre l'oportunitat d'acomiadar-me. I si ja no ploro quan ho explico és perquè ja no em queden més llàgrimes. I aquí ve la gran veritat, una veritat oblidada, tot i que no és cap secret, veritat de la qual no m'avergonyeixo ni me'n sento orgullós. Una veritat aspra i amarga. Després de mesos de silenci per resposta, d'anys guarint-li les nafres, llagues cròniques i ferides que sense cura supuraven, vaig prendre'm seriosament les converses que quan va contraure la maleïda malaltia havíem mantingut jo i la Paula. Ella i jo teníem clar que a aquest món no hi havíem vingut per patir, i encara menys a turmentar-nos en una vall de llàgrimes. El martiri i el dolor no estaven fets per a nosaltres. Però no és tan senzill fer realitat les paraules. Era ella qui patia? Algú que no es movia, ni es queixava? O era jo qui patia pel seu dolor i per la meva càrrega? No va ser fàcil per a mi fer possibles les darreres voluntats, voluntats anticipades no impreses, que voleiaven translúcides en paraules llunyanes. Estava tot dit, tot parlat en paraules d'amor que el vent no podia emportar-se, però sempre m'abordava el dubte, potser demà, potser demà. I dia rere dia ajornava aquella decisió veritablement decisiva. Vaig donar voltes i més voltes, fins que vaig superar dubtes i moralitats interioritzades. Finalment... finalment, mai millor paraula, vaig fer cas dels nostres principis i dels consells dels pocs amics que em quedaven. Abans t'he explicat que simplement havia deixat de respirar, però no va ser ben bé així. Jo vaig ajudar-la a morir, jo vaig treure-li la vida, jo la vaig matar, si vols dir-ho així, i vaig fer-ho perquè me l'estimava. I avui és un mig secret, una veritat que només jo recordava, perquè cap dels que va compartir amb mi la dura realitat, el trist final de la Paula, podem comptar que sigui viu a hores d'ara. L'anestesista que em va ajudar, la infermera que va donar-me suport, els dos amics que van fer-me costat, tots se n'han anat, els uns ja fa temps, als altres se'ls deu haver endut l'onada. Ei, si us plau no ploris tu ara, només volia, necessitava explicar-t'ho, però no vull fer-te carregar ni una unça de la meva càrrega.

—Tot això que m'explica és...

—No diguis res, és millor ara.

—A dalt al dormitori, just al fons de la cambra, hi tinc un armari rere unes portes de planxa. Si puges i les obres hi trobaràs el meu únic tresor. Hi tinc uns prestatges, on acumulo els llibres que m'han acompanyat durant la vida. Novel·la, poesia, recerca i assaig. Hi ha pensaments i somnis històrics i atemporals, d'autores anònimes, de grans pensadors il·lustres i de simples mortals. Les idees s'entrecreuen, es rebaten i s'acumulen com els llots en el fons d'un estany. En el segon prestatge, a mà esquerra hi ha les obres que més m'estimo, que més m'han ajudat, a poc a poc, a redreçar-me. Si us plau, pren-ne uns quants, sé del cert que no té per què valdre't a tu allò que a mi va salvar-me, però potser poden acompanyar-te. La vida m'ha ensenyat que parlar, escoltar i llegir és la millor teràpia. Pren-ne cinc, els cinc primers, són tots teus per llegir aquí, mentre esperem. Amb la calma. El destí ens ha clos, fent de ma casa la nostra presó i l'única fugida viable que tenim ara per ara és saltar de pàgina en pàgina. Abans de marxar d'aquí, vull que n'agafis tants com puguis, tants com vulguis, així que si vols distreu-te tanta estona com et calgui, no serà per temps, tria i remena.

—Què vols que digui? Sempre m'ha agradat llegir. No tinc cap més paraula que "gràcies".

—Ja que hi ets només et demanaré una cosa. T'agrairia que em portessis també una capseta de cartró ondulat que hi ha en la mateixa banda, una prestatgeria més amunt. En aquell armari hi tinc tota la vida, tot el que sé, tot el que soc. En els llibres hi ha tots els pensaments i idees que he fet meus però que en realitat generació, rere generació, civilització rere civilització hem anat adoptant d'altres. En la capseta plena de pols hi ha aquelles reflexions que m'han fet pensar, que m'han atrapat, i aquelles que les meves humanes febleses sempre han volgut compartir però mai no han gosat fer-ho.

En qüestió de segons, la Naima davallà amb la capseta i me l'entregà, per immediatament després remuntar les escales. Després del que li havia dit i de com li ho havia dit no calia telepatia per entendre que en aquell moment volia estar sol, pel que no va caldre demanar la intimitat que requeria. Vaig recolzar la capsa damunt la falda i vaig embolcallar-la amb totes dues mans, amb afecte i nostàlgia. L'interior d'aquell petit cofre ple d'objectes, textos i retalls era un resum de la meva vida, de la història que havia viscut, una síntesi de les cabòries que hauria volgut deixar a aquella prole que senzillament no havia tingut.

Entre les riallades burletes de les gavines i el grallar d'un parell de garses, lluny d'allí ens va semblar escoltar veus, un so tènue, que a poc a poc feia la impressió que s'anava atansant de travessia, en travessia. Cada cop eren més clars i més forts, fins que vam escoltar crits que vam respondre a viva veu, sense més resposta que el vent. «Eooo, eoooo», «hem vingut a ajudar-vos» «Reinhold, Reinhold», cridaven. Reinhold, Reinhold, la Naima ho sentia bé, el nom es repetia una i altra vegada.

—La Xesca em va explicar una història que recordava tot sovint son pare. Ell va dir-li que hi va haver un home, que deia haver deixat la policia, que visitava cada dia la casa on es trobaven acollits amb la seva mare. L'home demanava sempre per la Rosa, en Roc i la Jana, deia que eren la seva família. Però ningú no coneixia aquella gent, per sort. Tothom dubtava perquè no tenien clar fins a quin punt aquell home havia trencat amb el cos o si estava fent-los d'informador. La seva manera de moure's i el seu posat tibat i dur creava pànic entre les dones que es refugiaven a la llar. Dia a dia van anar coneixent-lo, i van comprovar com l'home anava ensorrant-se, passant de les exigències als precs.

De mica en mica va anar abaixant el to. Era un home desbordat per la culpa i la por, sempre amb els ulls vidriosos i aquell tuf tan desagradable d'alcohol. L'home, en Reinhold, les seves visites i la seva manera de comportar-se, sobretot les seves confessions, van fer que part del personal d'acollida, i algun dels nens, en concret el pare de la Xesca, li anés agafant cada cop més confiança. Ella explicava que son pare deia que a ell l'havia transformat veure en Reinhold obrint-se entre ofegats plors i demanant què podia fer per esmenar aquell error. Havia estat estúpid en posar per davant de les emocions les ordres. Havia estat estúpid i ho havia perdut tot. Ja ningú a la casa posava en dubte que era un desertor. L'aterrava que pogués trobar-lo qualsevol dels que havien estat companys seus, i també l'atemoria, potser fins i tot més, que el reconegués qualsevol dels que s'havien creuat amb la seva brutalitat. Havia deixat casa seva i dormia al carrer, en racons prou obscurs i amagats on ningú no pogués reconèixer-lo. Tenia por de la gent i evitava les nits. La qüestió va ser que un dia va deixar d'aparèixer de sobte, sense dir ni piu, i mai més van saber-ne res. Unes deien que havia marxat ben lluny, potser embarcat en un mercant mar enllà, altres que s'hauria retrobat amb la família i que haurien fet les paus. Un dia va arribar el rumor que l'havien trobat mort i que tots els indicis apuntaven al suïcidi com a la més probable de les causes. Mai no van saber del cert què havia passat. Per a la Xesca, aquell relat era més que una simple anècdota, era una síntesi de la història de la humanitat, un fil conductor que mai s'havia trencat. Tothom podia ser botxí i víctima, esclau i tirà. La llibertat no seria mai completa fins que tinguéssim això ben clar.

I ho havia entès bé, Reinhold. Feia temps que la Naima no sentia aquell nom, per a ella sempre havia estat un apel·latiu al penediment tardà, sense opció a rebre perdó ni reconciliació, al penediment del condemnat sense redempció.

Les remors humanes, guiades primer pel fum i després per la nostra demanda d'auxili, van situar-se just als nostres peus, a tocar del vaixell encastat a llevant. L'operació no va fer-se esperar i en molt menys temps del que hauríem pogut preveure ja escoltàvem les passes escales amunt.

—Surt, ves a rebre'ls, no m'agraden els comiats.

—Quins comiats? Què diu ara? Som aquí! Ajudeu-nos si us plau! —Cridà ben fort la Naima.

—Em vull quedar aquí, ningú m'espera allà fora. Ja he fet tot el que tenia per fer, ja he viscut prou i m'ha arribat l'hora. No tinc més ganes de viure, estic preparat per morir i vull fer-ho aquí. Deixa'm aquí, això és casa meva.

—No puc deixar-te aquí, has de sortir amb mi.

—No vull.

—El necessito

—Com has de necessitar-me, t'he donat tot el que tenia, ara ja no soc més que una nosa. Si us plau, t'ho demano, deixa'm estar, no em maseguis més. Això ja està, s'ha acabat per a mi.

—En tan poc temps no saps quant he arribat a estimar-te.

—Doncs millor així, és el millor moment per recordar-me. Et deixo tot el que tinc, filla meva, els meus llibres, els meus apunts, els meus records, els meus desitjos, la meva obra, el meu llegat. Ja els sento, ja són aquí. Si us plau, respecta'm a mi i respecta la meva decisió i fes que aquests homes la respectin, ajuda'm. Pugem a dalt, afanya't, que t'ajudaré a triar, carrega tant com puguis.

En Mama i en Carles travessaren la porta i des del mateix llindar l'exsoldat donà ordres d'apressar-se:

—Afanyin-se! L'edifici pot col·lapsar-se en qualsevol moment.

—Ajudi'ns si us plau. —Va replicar la Naima.

Carregaren tants llibres com pogueren en les bosses i maletes que hi havia a la casa. Sort en tingueren d'en Carles, que pel seu activisme reconegué entre els volums d'en Madaix obres que l'enamoraven. Els llibres i el posat de la Naima, i sobretot un nou sotrac en el qual trontollà tota l'escala, van convèncer aquells homes que jo tenia tot el dret del món a quedar-me.

Mentre la Naima em feia un petó de comiat, el darrer petó que rebria mai, vaig dir-li a cau d'orella:

—L'únic que realment em fot és com pot ser que tenint-te tan a prop no ens haguéssim conegut fins ara.

Aquelles serien les meves darreres paraules a una altra persona. I vaig besar-la a la galta.

MÉS ENLLÀ

We have it in our power to begin the world over again.

Tenim al nostre poder començar de nou el món.

THOMAS PAINE

XXI

«La terra parla, parla l'aire, parla l'aigua. Parlen les pedres i les soques d'arbres mil·lenaris que han rebrotat, desafiant les lleis de la vida, arrapats al sòl, tiges enlaire. Ens expliquen històries, qui millor que elles coneix el passat...»

Així començava el quadern manuscrit que hi havia al capdamunt de la capsa. Encara no sé com vaig poder esperar tant a obrir-la. Vaig superar la meva impaciència, com m'havia demanat en Madaix, en el sobre enganxat a la tapa, i no vaig remenar el seu interior fins que no vaig disposar d'un espai on reposar, un recer confortable i segur que sentís com a casa. Casa, quina paraula més maca. No sé ben bé com m'ho he fet per tenir les arrels escampades i nodrir-me de diverses pàtries i tanmateix no sentir-me nòmada, sinó sedentària. Per la meva genealogia han passat avantpassats perses i armenis que van ser acollits a la serralada de l'Ararat. Exilis que s'hereten, sempre fugint, llevant l'àncora i traginant emocions d'un punt cap a un altre. Estrany color de pell, estrany accent, fesomia estranya, estranys costums i rituals, estranyes paraules. En cinc generacions ens hem mudat infinitat de vegades. De Turquia al Kurdistan i d'allà cap a Alemanya, primer a Berlín després a Hamburg, ciutats de diàspora. Per circumstàncies que desconec, sent allà va aprendre català el pare. Allò el va dur a encetar un nou trajecte de Perpinyà a Ribesaltes, després a Carcaixent passant per Alcoi i la Vall d'Albaida. Una temporada breu a Kobane, a retrobar família i passat, i altre cop cap a terres catalanes. Primer a la conca del Sénia i després al cor del Bages. Per acabar en una gran ciutat costanera de la Mediterrània, pont de cultures, punt de trobada. I així soc jo. Una síntesi de vivències, un compendi de mirades, diversitat de llengües i un garbuix de parles. Per a mi el mestissatge és riquesa, mil maneres de veure el món que m'acompanyen, i no pas una curiositat ni una cosa estrafolària. Viure a Ibèria és ser un fruit híbrid, una mescla intensa d'històries, una argamassa de pobles i costums llegendaris com el pa, l'oli i el vi, antics com les sandàlies.

En aquell cofre de cartró, on hi havia desats els objectes més íntims de la Paula, s'acumulaven papers solts carregats de xifres i anotacions, retalls de memòries viscudes i de passades cavil·lacions i un bloc gastat sense tapes. Eren els seus records, els records que havia volgut compartir amb mi, i d'ençà d'aquell moment, amb tothom que jo decidís fer-ho també. En aquell precís instant tot allò que hi havia escrit havia deixat de ser privat, exclusivament seu, i ja era públic. No era res de nou, ni propi, ben segur, havia estat dit moltes vegades, amb d'altres mots, potser d'altra manera. Què ens queda de nou per dir? Què ens queda per descobrir? Què ens queda per esbrinar? Com ell havia fet explícit, tot i que era evident, tot i que era conegut per tothom, el més elemental havia estat menystingut i ignorat. Eren idees personals i reflexions polítiques, crits d'alerta sobre causes i conseqüències, sobre passat, present i futur. Perquè tot allò que és humà és polític, perquè tot allò que fem té conseqüències o les tindrà. Tant se val que tanquem els ulls, o que vulguem ignorar-les, les conseqüències, tant sí com no, hi són i hi seran.

«La terra parla, parla l'aire, parla l'aigua. Parlen les pedres i les soques d'arbres mil·lenaris que han rebrotat, desafiant les lleis de la vida, arrapats al sòl, tiges enlaire. Ens expliquen històries, qui millor que elles coneix el passat.

Contra meva no s'hi val maquillar les xifres, amagar la realitat ni negar els fets. No s'hi val perquè jo no jutjo, no instrueixo, simplement resolc, condemno o absolc. Davant meu no hi ha atenuants, no actuo diferent si el dany més infringit per activa o per passiva, no sé diferenciar entre responsables directes, col·laboradors necessaris i simples espectadors. Totes sou iguals al meu entendre, i no tractaré amb benevolència ni tan sols a aquelles que m'heu protegit i defensat. Aquí pagareu o rebreu totes sense cap mena de distincions ni diferència. No soc jo qui discrimina, no en sé pas de destriar entre no culpables, innocents i causants.

Malgrat tot el que podeu pensar, us estimo, us estimo com estimo totes les criatures que em poblen. No us he pas d'amagar que sou entre les meves favorites. Em fascina la capacitat destructora i creativa que teniu, talment us reconec com a part de mi. Sou una espècie curiosa que per sobreviure em modela, però no cregueu que sou pas l'única que em conforma. Em conformen talps i conilles amb caus i lladrigueres i em conformen les orenetes, arrencant-me granet a granet i traslladant-los lluny de terra. Em conformen les arrels profundes dels garrofers i superficials d'algunes heures que tanmateix em penetren i m'airegen, em xuclen i em quartegen. I com vosaltres, em modelo a mi mateixa, i gota a gota construeixo els pilars que sostenen la caverna. I m'adapto i em transformo i, quin remei, també responc, també em defenso. Soc pura química, i com a producte de la química que soc reacciono, m'amalgamo, em descomponc i em transformo.

No sou les meves mestresses, no. Som sòcies i anem juntes tot el camí, de fet puc mutar i continuar existint sense vosaltres, però vosaltres sense mi no podeu viure, no. Jo soc més vella que els fòssils i les falgueres. Soc el sosteniment dels vostres peus, la vostra escalfor i la vostra fresca, soc l'aire que respireu, soc l'aigua imprescindible per a una vida que em dona l'alegria, soc l'arena fina i la neu pols. Soc la Terra que ara brama i un planeta que ara bull. Soc atmosfera i oceans, els averns impenetrables i els cims més alts. Per a mi no hi ha temps ni convencions, la meva escorça sap que soc jo qui giro, i sent l'escalfor d'un sol que evidentment ni surt ni es pon. Davant meu la lluna ni s'oculta, ni es disfressa de carrotxa de meló i ara i sempre és i ha estat plena i esfèrica, i ha exercit sobre mi una magnètica atracció.

Tot té la seva fi i el seu principi. El meu origen està imprès en la composició de cada pedra, està gravat en foc roent just al meu centre, al moll de l'os. Del meu naixement geològic se n'ha escrit molt, heu fet grans esforços per datar-lo i desxifrar-lo i tot i això no en sabeu més que vagues aproximacions. I la meva fi? Què en sabeu? És curiós que us preocupi més el meu origen que la meva fi, quan la meva fi, com bé sabeu, va indestriablement unida a la vostra sort. Realment són els minerals inerts el que us fascina? O el que més us meravella és la vida? Us he de confessar que a mi em té fascinada la vida. No la vida abstracta, sinó la vida concreta, la vostra vida, i totes les vides de les quals penja, d'un fil o d'una soga, la vostra subsistència. Puc passar eres i períodes contemplant embadalida simbiosis i interdependències.

Però tornem on anava, que no vull esquivar aquest tema. Una fi, la meva, que tot indica que no podrà ser narrada, ni escrita en llenguatge de cap civilització humana. Ara bé, no per això ha de deixar de preocupar-vos. Avui jo, aquesta Terra que us parla, estic ferida i profundament malalta i la vostra vida aquí només serà possible si aconseguiu que aquesta dolença meva passi de terminal a crònica, de crítica a estable. No obstant, estic segura que després de vosaltres hi haurà vida damunt meu, potser ja hi és en un altre astre esperant el seu moment. No sou la darrera esperança ni la millor preparada, i el més lògic és que l'evolució no s'aturi, tot tendeix a adaptar-se, a cercar l'acomodació, un equilibri i el seu lloc estable. Per tant és probable que en un futur llunyà o no tan llunyà, qui sap, una nova espècie es faci preguntes, cerqui respostes com heu fet vosaltres, i provi d'interpretar a través de teories el que ha succeït abans d'esdevenir hegemònica. Tant de bo sigui més intel·ligent i menys destructiva que vosaltres i utilitzi el coneixement únicament a favor de l'ecosistema, al meu favor, al seu favor. Tant de bo, burxant entre les restes de la vostra extinció, aprengui dels vostres errors. Tant de bo no acceleri i precipiti, com vosaltres heu fet fins ara, el procés de la seva autodestrucció.

No heu sabut escoltar ni l'esquitllar-se de les glaceres ni el degoteig del desgel. Heu tancat els ulls a l'agonitzar de les balenes i heu restat impassibles davant aquell brunzit que tant us inquieta de les abelles, d'aquell zum-zum que s'ha anat apagant a cada primavera. No heu fet cas al meu rum-rum, a la gota de més que fa vessar la copa. No és que hagueu estat maldestres, és que us heu embriagat de prepotència i supèrbia. Heu posat pel davant la vostra fantàstica realitat, els vostres números falsejats, la vostra economia objectiva, a l'oxigen que necessiteu per respirar, a la pura biologia. I en això hauríem hagut d'anar juntes, m'hauríeu hagut d'escoltar, i de cuidar, perquè hauríeu arribat a comprendre que el vostre benestar anava lligat a la meva salut.

I em sorprèn i m'indigna i em treu de polleguera veure com heu aplicat la saviesa a refinar l'art de la guerra. He vist com us mateu buscant excuses per posseir-me, per arravatar propietats inabastables, propietats que no podreu gaudir ni en mil vides senceres. Per acaparar recursos que no podreu consumir encara que destineu el temps disponible a depredar, insaciables dia i nit sense descans ni treva. Heu preferit competir, matar i deixar morir, que és una altra manera de matar, i posar-vos tanmateix la soga al coll, aquella soga de què us parlava abans, que compartir i sobreviure plegats. Heu preferit dominar que col·laborar, bombardejar que invertir en fraternitat, sostre i pa. Heu triat destruir allò que les vostres mans no podien mantenir controlat, abans que altres mans poguessin treure'n profit. Heu cagat al vostre niu i heu cremat les vostres llodrigueres, heu enfrontat la vostra prole i heu exterminat la progènie. La superioritat moral, el nom d'un déu, d'un sobirà o d'una reina, el color de la pell, la pàtria, les fronteres, i mil artefactes disfressats de cultura, sempre excuses per dominar i sotmetre.

Només puc entendre aquelles que defenseu el just per viure, el necessari per sostenir-se, aquelles que us revolteu davant l'abús i la injustícia, el dret d'un poble a ser lliure, a viure d'acord amb els propis costums i a parlar la seva llengua, mentre respecta i defensa els mateixos drets a tots els pobles de la Terra. Només puc entendre les que no acostumeu a guanyar i habitualment perdeu les guerres, encara que tingueu guanyada la batalla de les idees. I no puc fer res per vosaltres, més que plorar i entregar-vos tant de temps com puc, perquè el temps és la vostra millor aliança, el present més gran que puc atorgar-vos.

N'heu dit ociosos, dels espais que resten lliures sense explotació; verges dels espais exuberants on tot es rebolca i es fon amarat d'amor; n'heu dit residuals d'aquells pedaços sense asfalt que queden entremig de fàbriques, carreteres i urbanitzacions. Titlleu d'improductives les praderies sense llaurar cobertes d'herbes, farcides de vida, plenes de cuques, papallones, bestioles i ocells de tota mena, de tots colors. Imagineu desèrtiques les dunes poblades per rosegadors i rèptils que tenen l'arena càlida com a hàbitat i sistema. D'inhòspites les grans extensions de tundra i les carenes muntanyoses que s'amaguen a les profunditats marines, aquàtiques, desconegudes i inexplorades de la litosfera. La vostra prepotència, el vostre ego ha fet que us creieu l'única espècie important, l'única criatura divina al voltant de la qual gira tot l'univers, posant al vostre servei el Sol, la Lluna i aquest planeta que us parla i que us acull, aquest planeta que heu anomenat Terra.

M'heu perforat, m'heu foradat amb túnels, trinxat, furgat, m'heu burxat en les entranyes i heu xuclat tot el meu suc. Heu cremat tot el quitrà i negre carbó, fòssils que he format en el meu ventre en milers d'anys. Heu alliberat tot el carboni que descansava en el meu interior i després l'heu injectat sense miraments en les meves cavitats. Què esperàveu?, què volíeu? Que canviant l'estat i la composició de la matèria que em compon, que desplaçant la meva massa, i bescanviant-la de sòlida o líquida a gasosa, tot restés immutable, com si res no hagués passat?

Aquest ego inflat, aquest sentiment d'omnipotència fa que encara poseu en dubte l'existència de vida en d'altres parts, en d'altres temps del vast, potser infinit, cosmos. Que poca memòria teniu, quanta ignorància, que poc coneixement. No recordeu que fa poc més de sis-cents anys la gent que poblava les terres d'inques i asteques no sabia res de l'existència dels aborígens dels vells continents, descendents de fenicis, cartaginesos, romans, vikings i normands, egipcis, francs, grecs, àrabs i perses? De fet ni uns ni altres us plantejàveu que més enllà de l'oceà pogués existir terra ferma. I després d'això, malgrat la vostra experiència dubteu que hi pugui haver vida en l'espaitemps de l'univers? No us adoneu de com en sou de petits i de com d'immensa que és la galàxia? Necessiteu sentir-vos especials, ho sé, i ho sou, però no per això cal que negueu la possibilitat d'altres vides més enllà dels meus confins, no cal que trepitgeu i exploteu les espècies no humanes que amb vosaltres em poblen. No sabeu com m'entristeix i com em dol veure-us així de superbs. Aquest antropocentrisme, contràriament al que penseu, fa palesa la vostra deteriorada autoestima, el vostre automenyspreu, un autoodi al límit. Feu el que feu també us empasseu la pol·lució producte dels vostres fums; la pol·lució que m'envolta i que m'impregna, les toxines i el verí que és l'assot dels gens de la totalitat de les espècies. La meva fúria és reactiva, incontrolable, orgànica, o millor hauria de dir directament carbònica. És la manera que tinc, sense voler-ho, de mostrar la meva enèrgica repulsa pels vostres actes. No és una resposta meditada, ni una reacció sistemàtica, és una explosió incontrolable i improvisada, física i tel·lúrica, que em surt de dins de la matèria. Tant de bo en contra meu haguéssiu actuat a atzagaiades, tant de bo no haguéssiu infringit una acció metòdica i meticulosa, constant i conscient, per desmembrar-me i encendre part dels meus fluids, trossos del meu ésser. Tant de bo haguéssiu estat menys evolucionats o més intel·ligents. Heu estat massa temps escopint al cel, massa temps perquè no us caiguin els esputs damunt la cara. De la mateixa manera que esclata la pólvora si la poseu al foc, i que ningú que voluntàriament l'hagi posat en contacte amb la flama pot lamentar la seva explosió, de la mateixa manera que tal com poseu un drap en una palangana plena d'aigua no seria just dir que ignoràveu que quedaria moll, jo us he donat prou avisos i senyals perquè poguéssiu valorar que les conseqüències de la meva incisiva i punyent destrucció eren la vostra pròpia desfeta. L'absurd sentiment d'invulnerabilitat de la vostra raça, de la vostra única raça multicolor, consumeix les darreres opcions. És la cobdícia la vostra dalla, és l'arma que us condemna a l'anihilació. Heu causat la vostra pròpia extinció matant la biosfera, el vostre únic ecosistema.

No faré diferències entre riques i pobres, entre desposseïdes i posseïdors, jo no les faré. En qualsevol cas, les fareu vosaltres, com sempre heu fet. Unes omplireu cisternes i rebosts, construireu murs i dics, desviareu el curs de rius, potabilitzareu la capa freàtica i dessalareu la mar. Altres viuran exposades a totes les inclemències, a les sequeres més àrides i a les més devastadores inundacions. La natura és arbitrària, la violència inhumana no. Si seguiu així, provocareu que tremoli sense rancúnia, ni recança, m'esquerdaré per on tinc la pell més fina, trencant les costures recosides, i esdevindrà tèrbol i dens el vent que respireu. Cremaré de sud a nord planes i serres, i l'infern més que caverna serà una esfera de foc. No deixaré caure ni gota sobre l'eixuta aridesa i plouré sobre mullat; desbordant-me sobre terra seca o xopa, arrasant involuntàriament arbres i ciment i tot allò que es posi al meu pas.

Vull que obriu els ulls, que us adoneu que és més perillosa i cruel per a mi i per a vosaltres la mà humana, la vostra mà, que l'urpa esmolada del més ferotge i mortífer dels dracs. Sou vils, vils i tanoques. La vostra vilesa, més que la vostra ximpleria o neciesa, és l'única responsable de convertir en gris el planeta blau. Aquelles que no us sentiu culpables, aquelles que considereu injust allò que us passa cal que sigueu conscients, o ho sereu en un futur proper, que no heu fet prou, o si més no, no tot el que calia fer. Amb mi no fer el suficient només serveix per ajornar el problema i traslladar-lo a les properes generacions. La raó i les emocions no formen part de la meva condició, no espereu de mi doncs compassió, pietat, clemència ni comprensió. Sou a temps d'exigir, d'imposar a qui correspon que no jugui més amb les vostres vides, amb la vostra seguretat, per les seves ambicions. En cas de no ser així, la irresponsabilitat volguda i estúpida d'aquelles que, per motius individuals, heu preferit restar de braços plegats, i la ingènua confiança en la capacitat de les cretines persones malvades que lideren la institució que anomeneu societat, us seguiran conduint de dret cap al barranc. Cinquanta, cent, dos cents anys a tot estirar? Tant de bo sigueu a temps d'aturar aquest disbarat. Recupereu les vostres vides, atureu les màquines homicides, deixeu d'intoxicar-vos per l'obsessió de produir guanys, poseu tot allò prescindible a un costat i centreu-vos en mi i en vosaltres, en les criatures que us envolten i en les necessitats globals. Si no ho feu així tot indica que aneu de dret cap a l'abisme, de dret cap al que serà el darrer tram. No vull donar-vos falses esperances, bé sabeu que ja feu tard, només em resta per dir-vos: ara o mai!»

Nada renasce antes que se acabe.
E o sol que desponta tem de anoitecer.

Res reneix abans d'acabar-se.
Fins el sol que desvunta ha de pondre's.

Vinícius de Moraes

XXII

Aquestes pàgines són un recull de records i d'allò que crec van poder ser els pensaments d'en Madaix i la seva estimada Paula. Una Paula amb qui no vaig coincidir mai, però de qui m'ha parlat tant que sento ben a prop meu, com si la conegués profundament...

Em van tan grans les seves sabates... He procurat posar-me a la seva pell, ser fidel a la seva manera de sentir i d'estimar, als seus triomfs i alegries, fracassos i decepcions, a les seves incoherències i dubtes, a la seva manera de sobreviure i tirar endavant. Contràriament al que jo mateixa hauria pogut creure, i al que vosaltres podríeu pensar, sentir com ell i expressar-me com ell ho feia m'ha costat menys del que havia esperat. Ara entenc que quan es tracta de temps i de vincles més que la quantitat allò important és la intensitat.

En alguns paràgrafs hi trobareu una síntesi de frases i paraules de la Tània i en Carles i del grup de rescat de l'Arcàdia. Amigues i amics amb qui ens trobem de tant en tant i ens sentim estretament lligats per aquells llargs instants que tant ens han marcat. Les notes d'en Mama també han estat una font d'informació i d'inspiració gens menyspreable per reconstruir el relat.

I naturalment, i com ja deveu haver imaginat, en cada una de les lletres d'aquest llibre hi és present la Xesca, la forma d'estimar, veure, interpretar i viure el món de la Xesca. Provo d'imaginar com seria ella i què hauríem fet ella i jo després que s'ensorrés tot. I aquests pensaments em recol·loquen i motiven, posant-me a lloc. Volia que la seva memòria, la memòria de totes les que no hi són, resti viva per sempre. Sense elles jo no hauria estat ningú. Sense elles no hauria tingut força, ni raons per escriure tot això. Avui, malgrat tot, malgrat el dolor, la pena i la tristor vull ser optimista. Optimista i cruament realista. Perquè només reconeixent-nos arran de terra podrem alçar-nos de nou. Avui, vull afirmar, rotunda i enèrgica, una veritat que la història ha confirmat infinitat de cops. Avui estic més convençuda que mai que més enllà del final hi ha un nou principi, una nova oportunitat per recomençar altre cop.

He encapçalat cadascun dels capítols amb citacions seleccionades dels llibres que vam poder salvaguardar de la cambra d'en Madaix. Citacions que m'han fet tancar els ulls i pensar, m'han guiat a zones obscures que ja havia oblidat. Bocinets de llibres que m'han fet caure la llagrimeta, novel·les que m'han impactat, recopilacions que m'han ensenyat a tocar de peus a terra i a volar, personatges que he arribat a estimar. Avui al costat d'altres exemplars recuperats aquí i allà, aquestes obres formen una col·lecció impressionant que tenim a l'abast de tothom en una biblioteca popular als Refugis d'Ostaleny, on m'han acollit obertament com una més de la seva gent.

Del que he escoltat en les converses tingudes amb tantíssima gent interessant amb qui m'he creuat, de gent humil de ciutat i d'àvies sàvies de camp, i de l'experiència que m'ha forjat, el principal aprenentatge que he tret es que només vivim una vida i només hi ha un únic món on transitar. Aquestes idees es repeteixen i em colpegen a ràfegues en el cor. Tantes coses que he deixat per fer, tantes que vaig dir-me a mi mateixa això ja ho faré demà. Moltes d'elles supèrflues, i tant, però d'altres que veritablement desitjava fer i que definitivament ja no farem mai. El nostre trajecte, si el plantegem com a únic i individual, és efímer, superflu, intranscendent. Només en la lògica del context de la comunitat humana i de l'espai natural, imprescindible per desenvolupar-nos com a persones, només en aquest sistema integrat som alguna cosa més que pols que pren forma per un temps determinat. Aquesta part de mi, de la vella i de la nova Naima, també hi és en cada paraula, com cadascuna de les espècies que aporten matisos en el guisat.

He començat a escriure en plena reconstrucció d'aquella ciutat devastada a la qual hem rebatejat com a Nova Arcàdia. En plena reconstrucció del meu jo, en què la ploma i el paper han fet la funció de gaveta i morter, paleta i nivell. Jo sola, despullada del meu *hijab*, fent el possible per deixar els prejudicis a un costat, m'he enfrontat al passat per encarar el futur amb més força. Jo tota sola, nua davant el mirall, un debat entre orient i occident, entre la dona que neix i la dona que es fa. Entre la intel·lectualitat burgesa de les grans obres que he heretat i la identitat obrera de qui creix als carrers d'un barri orgullós de la seva condició, de la seva cultura de classe, on l'educació és l'escola, la plaça, les amigues i els relats. Com s'ho fa per estudiar, per analitzar, per llegir, per escriure qui es passa la vida tancat en una fàbrica, treballant al camp o cuidant gent malalta sense pausa? O com jo, abstèmia de mi, servint vi i cervesa, copes i destil·lats?

Just ara que tot semblava acabat jo he tingut l'oportunitat, la sort, de rebre la deixa d'una selecció de llibres que sintetitzen eterns pensaments humans. Just ara. Com d'útils m'haurien estat aquests coneixements, com d'útils que em seran. I ara soc jo qui, agraïda, em confesso. Qui agraïda demano perdó, avergonyida per no haver estat capaç de demanar disculpes quan tocava i de fer-ho de cara. Quan van colpejar la porta de casa i per l'espitllera vaig veure en Madaix, a punt vaig estar de no obrir. De fet no hauria obert si no m'hagués trobat com em trobava. Sola i enfonsada. No el coneixia de res, però n'havia escoltat a parlar, era El Sefardí, el jueu del barri, tothom ho sabia. En una altra situació, en un altre moment de ben segur que li hauria cridat "Jueu, foti el camp, marxi ja!". Després he sabut, remenant entre els seus escrits, que estava equivocada, que només era una etiqueta, però aquest fet i tot el temps que he tingut per reflexionar m'ha fet pensar. Què hi hauria hagut de diferent si en comptes d'un malentès hagués estat jueu de veritat? Com pot ser que hagi arribat a odiar un home sense conèixer res més d'ell que el malnom que l'acompanya? Res més. A odiar fins al punt de negar la salutació a qui era el veí de baix, de girar-li la cara. No he estat una bona veïna, una bona persona. I ja no sé què soc. Evidentment no soc jueva, ni cristiana, ni una bona musulmana. Quin significat tenen aquestes paraules més enllà de la tradició i de la identitat quan he deixat de pregar, quan no practico els pilars i dubto sobre l'*Aqida*. Però qui no dubta? No és el dubte un tret humà? Quantes persones no dubten com jo de la fe en què han estat educades, quantes no han faltat algun cop a les seves obligacions? No sé què soc, ni d'on soc, només sé del cert on visc i qui soc. Avui soc un xic més lliure i procuro desempallegar-me dels prejudicis que he carregat. Dels mateixos prejudicis que he patit per dur un mocador al cap. Dona, home, negre o blanc, vella o infant, sana o malalt, atea o practicant. Dels mateixos prejudicis que he patit per ser lesbiana. La por de ser rebutjades ens ha fet canviar fins i tot de creences i de formes de resar. Així, l'avi protestant va convertir-se a l'Islam per esposar-se amb l'àvia. L'aparença, l'opció, l'estat, la religió, la identitat no hauria de ser important, bé, no hauria de ser-ho en les relacions entre nosaltres. Cadascuna és com és, som com som i la diferència és precisament allò que ens fa grans. Gràcies a en Madaix ho he pogut veure. Ja no em refio dels meus ulls, ni de les formes apreses per jutjar en funció d'estereotips absurds i malintencionats. Sento torbament i rubor d'haver prejutjat un home que, sense esperar-ho, voler-ho, ni preveure-ho, he acabat comprenent i estimant pràcticament com a un pare. Em fa vergonya reconèixer que la discriminació ha format part de la manera que he tingut de procedir, ha format part de mi, de la manera que he tingut de relacionar-me i de veure el món. Tant com m'he queixat de ser discriminada he discriminat. Em produeix nàusees i malestar.

La nova civilització ha redactat noves lleis per corregir vells errors. Els seus diners, els vells diners, causa i palanca de destrucció han deixat de valdre. La nova moneda ja no pot acumular-se, senzillament perquè s'oxida, i cada dia que passa perd valor. El consum s'obstaculitza i es restringeix a allò que és necessari. Hem definit de nou allò que és una necessitat, allò que és prescindible, allò que és imprescindible. Hem limitat la producció, penalitzat l'acumulació i prohibit l'especulació. Després de descobrir que no som immortals, sinó que el nostre pas pel món és efímer, hem canviat l'escala de valors. El màxim valor és la vida i el temps per viure-la plena ja no té preu, ni es compra ni es ven. Mai no hem d'oblidar que hi haurà qui voldrà tornar enrere, cap al capitalisme destructiu, el caos de l'espècie dominant, el desequilibri planetari i el descontrol. Haurem de defensar amb la lluita, pam a pam, que no torni a tenir títol la terra, que l'aigua no sigui més un producte de mercat i que no es torni a posar en venda un aire que és de totes, i dels animals i les plantes que poblen la Terra.

Postdata

Després de rememorar i bolcar en aquestes pàgines els moments més durs del meu passat vaig sentir-me restablerta, forta i valenta com mai. Només em quedava mirar enrere per enfrontar-me cara a cara a les dures vivències que m'havien transformat. Acompanyada de l'Estel, vaig reprendre el camí que havia seguit ella per anar dels Refugis a ciutat. Com ella havia fet, vam passar per l'Arcàdia i vam aprofitar per retrobar-nos i saludar.

L'arribada a la ciutat va ser una patacada duríssima. Des del turó, vaig veure que de la casa on vaig viure no en quedava ni rastre. Milers de barraques de xapa i llauna s'escampaven per la vall, hi havia gent arreu, enretirant runam i deixant a banda tot allò que es podia reaprofitar. Reutilitzar ja no era un principi, sinó pura necessitat. Vaig apropar-me, illa a illa, fins arribar al solar on s'havia alçat la meva llar. Just allà carregant puntals hi vaig retrobar en Mama. Tal com va veure'm va sortir corrents i ens vam abraçar. L'Estel primer va fer una passa enrere, però després es va afegir al cercle. Aquell gest, passava pàgina a la història, mostrava un nou inici després del punt i final. L'alegria va ser mútua.

—Primer de tot us explicaré una xafarderia —digué en Mama—. Ahir va passar per aquí en Buba. Anava arrapat amb una dona de pell clara i cabells curts com un raspall, semblava eixerida i se'ls veia molt acaramel·lats. Content com un gínjol, va explicar-me que ocupaven plegats una barraca just allí dalt.

Immediatament després, va demanar que l'acompanyés i va explicar-me quelcom que no podia ajornar.

—Mira Naima, l'edifici va esfondrar-se i aquell home amb el qual vam trobar-te, aquell home que no volia marxar, va sortir no sé com i va alçar-se tot sol enmig del núvol de pols. Semblava talment un miracle. Se'l veia perdut i vaig sortir corrents a buscar-lo. Qui havia de dir-me que jo seria allí en aquell precís instant? Ell estava confús, també jo. No sé si va ser la commoció del cop, si era amnèsia, o si era alguna demència. L'home no deia res, ni semblava entendre res del que li vam parlar. Tal com vaig treure'l de la descomunal pila de runa va entregar-me una capsa que tenia entre les mans, l'havia conservat enganxada a ell, com un infant amb un nino de drap. Aquesta capsa. Per respecte no l'he oberta i l'he desada fins ara. A la tapa hi ha el teu nom. Després d'entregar-me la capsa, amb la delicadesa de qui ho entrega tot, en un gest que em va commoure per la seva solemnitat va anar encongint-se, fins que les cames se li van plegar. I des de llavors, ajagut digne sobre la terra, com si aquesta li hagués de besar la cara, acariciant l'arena com si es tractés d'una antiga amant, va continuar en silenci, amb la mirada fixada a l'infinit fins al darrer instant. El seu immens somriure de nen no va deixar de brillar fins que va deixar de respirar.

No va trigar gaire a fer-me entrega del tresor amb què en Madaix m'havia volgut obsequiar, idees i emocions que he compartit amb vosaltres. Aquella capsa no contenia cap misteri, sabia amb certesa el que s'hi amagava, què era el que hi podria trobar. L'enigma per a mi era esbrinar el perquè de cada objecte, desxifrar i posar context al sentit de cada mot. En llegir el meu nom en la coberta em vaig emocionar, un dels seus darrers records havia estat per a mi. Em deixava l'herència que per a ell tenia més valor, totes les seves memòries, dues vides compartides recollides en aquella capseta de cartró.

NAIMA KHAFAJA
Nova Arcàdia, 2084

Postfaci per a *Segona Vida*

Amb la mirada perduda en els seus propis assoliments, la «societat del coneixement» s'ha constituït destruint les bases materials que sostenen la vida humana i la de moltes altres espècies. Sembla que el coneixement del qual tan orgulloses estem les persones no ha estat capaç de posar-nos a recer de nosaltres mateixes. En tot just dos segles, i sobretot en les últimes dècades, hem desmantellat els equilibris dinàmics dels ecosistemes i exhaurit els béns naturals imprescindibles perquè el món se sostingui.

Encara que a l'economia i a la política se li oblidi, la vida humana es desenvolupa inserida en un medi natural del qual formem part. Aquest medi natural té límits físics i s'autoorganitza en cicles naturals i cadenes tròfiques. Els éssers humans el necessitem per existir i reproduir-nos. Tot allò que ens cal per produir els béns i serveis que garanteixen la continuïtat del metabolisme social depèn d'aquests béns fonts de la naturalesa. Som, per tant, natura, éssers ecodependents subjectes als límits físics del planeta que habitem.

Avui molts d'aquests minerals —petroli, coure, or, liti, platí, gal·li o urani— han assolit o estan a prop d'assolir els seus pics de màxima extracció i el mateix aparell digestiu econòmic que ha esgotat els minerals de la terra ha alterat profundament i veloç els cicles del planeta, sotmetent els éssers vius a una greu situació de risc. El canvi climàtic és la conseqüència més incontrolable d'una economia construïda d'esquena a les bases materials que sostenen la vida.

Però, a més, la vida humana transcorre encarnada en cossos que neixen, emmalalteixen, envelleixen i tenen necessitats diferents. Els nostres cossos només poden sobreviure si no és en un espai de relacions que garanteixin cures i atencions al llarg de tota la vida, sobretot en alguns moments especialment vulnerables com són la infància, la vellesa o els moments de malaltia. En la major part de les societats del món i en gairebé totes les èpoques de la història, els que majoritàriament han cuidat —i cuiden— dels cossos vulnerables han estat dones. No perquè les dones tinguin qualitats naturals que les facin més idònies que els homes per a la cura, sinó perquè vivim en societats patriarcals que imposen, a partir de normes no escrites, el rol de cuidadores a les dones.

En la nostra civilització l'economia, la política i la cultura s'han constituït com si "suressin" per damunt i per fora de la naturalesa i dels cossos; com si el planeta Terra no tingués límits i els éssers humans i la seva tecnologia poguessin controlar-lo al seu antull, invisibilitzant i relegant a espais marginals i no prioritaris la tasca de cuidar i regenerar quotidianament i generacional l'existència humana.

El subjecte polític, protagonista del capitalisme tecnològic, és majoritàriament un home lliure de les obligacions que es deriven del fet de tenir cos i ser espècie. No cuida d'altres persones, no cuida de si mateix, no cuida de la Terra. Està absent en les tasques que permeten garantir la reproducció quotidiana i generacional de l'existència, és un analfabet ecològic i desconeix que el planeta té límits... Però és ell qui decideix quin és l'interès general i com s'organitza la vida en comú. Amb aquesta mirada ha construït societats que consideren la naturalesa i els cossos com una qüestió exterior, subordinada i instrumental. Aquesta fantasia de la individualitat es converteix en una mitologia perillosa per als éssers humans i nefasta per al planeta i la resta del món viu i està provocant el naufragi de la nostra civilització.

I no és que no estiguem avisats des de fa temps. Al començament dels anys 70 es publicava l'informe del Club de Roma sobre els límits al creixement. En aquest s'alertava sobre la inviabilitat del creixement permanent de la població i els seus consums en un planeta que té límits físics. Des d'aleshores, la comunitat científica ha anat proporcionant informació que avisa de la intensificació del procés i de les conseqüències potencialment catastròfiques que pot tenir.

En paral·lel, els interessos econòmics s'ocupen d'encoratjar i finançar el negacionisme i l'estigmatització dels pobles originaris i societats que es resisteixen a acceptar aquest procés i dels moviments socials que el denuncien.

Avui ens trobem davant un veritable mal pas. Aquest gran magatzem i abocador inesgotable que alguns veien en la naturalesa, tenia efectivament límits que ja estan sobrepassats i, malgrat les seves promeses i discursos, ni el capital ni la tecnologia són capaços de reparar el mal que ells mateixos van crear.

La humanitat, aliena al seu propi col·lapse, empeny, amb entusiasme, la dinàmica planetària cap a una nova situació en la qual la vida es fa extremadament difícil: augmenta la freqüència i la força dels esdeveniments climàtics extrems; s'incrementa la incidència dels grans incendis; creix el nivell dels mars; augmenten les sequeres; disminueix la capacitat de produir aliment; hi ha problemes amb el proveïment d'aigua dolça; es manifesten canvis en els corrents marins; i s'està produint una redistribució absolutament injusta de l'accés a l'energia. Tot això és aquí. Es viu de forma intensa als pobles saquejats i empobrits, també en la perifèria de les grans urbs riques, però sembla llunyà per als habitants del món encara privilegiat.

Encara que cada vegada més persones creuen que el planeta "està malalt i cal salvar-lo", la repercussió i conseqüències d'aquesta crisi sobre la vida humana, l'economia i la política passen inadvertides per a la majoria. És com si el planeta tingués una malaltia que no ens incumbís. No sembla haver-hi una consciència clara que el que està en joc és la pròpia supervivència de l'espècie. Moltes persones volem afrontar aquest canvi de forma equitativa i justa, de manera que no sigui només un petita part de la població —la que té poder econòmic, polític i militar— la que continuï mantenint estils de vida obscens a costa que cada vegada més persones siguin expulsades, o bé als marges o bé de la vida mateixa.

El canvi climàtic i l'extractivisme són en l'origen de l'expulsió de moltes persones dels seus territoris, generen uns èxodes massius que no han fet més que començar. La crisi ecològica és per tant, part, la més material de totes, de la lluita de classes.

Es tracta d'un conflicte ecològic-distributiu que revela que ens trobem davant una tensió estructural entre el capital i la vida.

Cal, també, tenir molt en compte que aquesta crisi no té una solució merament tecnològica. Amb freqüència, la tecnociència i el poder transnacional es postulen com els únics capaços de resoldre els problemes que ells mateixos han creat. Per saber si aquestes solucions són o no acceptables cal preguntar-se si poden ser universalitzades, si podran aconseguir cobrir les necessitats de les majories socials. Amb la correlació de poder existent, és perfectament imaginable una "puntada de peu endavant" que garanteixi els nivells de vida desitjats a una part minoritària i privilegiada, a càrrec de la despossessió d'amplis sectors de població.

La tecnologia, per tant, és condició necessària però no suficient. Necessitem rearmar-nos comunitàriament per resistir les promeses individualistes de la tecnolatria i interpretar la crisi en clau de problema polític. Si tenim béns comuns limitats i decreixents, l'única possibilitat de justícia és la distribució equitativa en l'accés a la riquesa. Lluitar contra la pobresa és lluitar contra l'acumulació de la riquesa.

D'altra banda, mentre una bona part de la societat mira cap on el consum i la publicitat apunten amb el dit, els grans poders econòmics i polítics no es refien de les pròpies receptes que venen als altres, i ells sí que s'estan movent i prenent mesures davant la crisi ecològica. En l'àmbit econòmic proliferen i s'intensifiquen els tractats de lliure comerç que blinden l'accés a matèries primeres i protegeixen l'obtenció de beneficis en contra de la vida de la gent; en l'àmbit polític es legisla contra la resistència i les alternatives autoorganizades que posin en risc les taxes de guany del capital o que generen poder popular i descentralitzat. Es proclama que el canvi climàtic és també una oportunitat per als negocis i hi ha qui es frega les mans davant aquest nou pròsper capitalisme del desastre.

Els documents estratègics militars assenyalen que davant un futur de creixent incertesa, són els exèrcits o les empreses de seguretat, amb la seva eficàcia i rapidesa d'actuació, els qui poden constituir-se com a "especialistes del caos" i ja fa temps que es mouen per a col·locar-se en posició d'avantatge davant els conflictes. El canvi climàtic, considerat un multiplicador d'amenaces, serveix de justificació per abordar les migracions forçoses o la violència de l'extractivisme, com si, en comptes d'una qüestió de justícia, es tractés d'un problema de seguretat. Reorganitzar les societats perquè hi capiguem totes, requereix un reajustament valent, decidit i explicat del metabolisme social. La clau és aprendre a viure bé i de forma justa amb menys energia i materials.

La magnitud del desafiament és tal, que caldria decretar un període d'emergència i excepció per aplicar mesures urgents, que passarien per iniciar un procés constituent que sigui la base per a un canvi jurídic i institucional que protegeixi els béns comuns (aigua, terra fèrtil, energia, etc.), garantint la seva conservació i l'accés universal; establir una estratègia d'adaptació i mitigació del canvi climàtic capaç de garantir la reducció en les emissions de gasos d'efecte hivernacle —deixant el petroli sota el sòl— i la protecció de les persones, les altres espècies i els ecosistemes; abordar un pla d'emergència per a un canvi del metabolisme econòmic basat en el decreixement dràstic de l'esfera material d'aquest: transformació dels sistemes alimentaris (amb una reducció significativa de la producció i consum de proteïna animal), canvi dels models urbans, de transport i de gestió de residus, relocalització de l'economia, producció i comercialització pròximes; posar en marxa tots els mecanismes coneguts de repartiment de la riquesa i de tots els treballs, i fins i tot inventar-ne altres de nous perquè la situació d'emergència es reemplaci en condicions justes; escometre un procés d'educació, sensibilització i alfabetització ecològica que abasti el conjunt de la població, des de les institucions, fins a les escoles, els barris i pobles, orientat a l'adopció del principi de suficiència i la cooperació com a aprenentatges bàsics per a la supervivència. En definitiva, aprendre a viure bé amb menys i en condicions canviants. I fer-ho de forma justa.

Aquest camí hauria d'haver començat fa dècades però, de moment, la dissociació entre la duresa de la situació i l'absència de mesures polítiques és dramàtica. La humanitat no té una experiència de col·lapse global, però sí de col·lapses locals, que és, a fi de comptes, on es patiran les conseqüències del canvi climàtic i del deteriorament global. Les dades són dades, les tenim aquí i és absurd rebel·lar-s'hi en contra, les coses es posaran lletges i, en absència de mesures polítiques valentes, la clau és que les vides passin a ser importants i se situïn en el primer pla de les nostres prioritats.

Cal també posar en marxa tot tipus d'iniciatives autoorganizades i locals que situïn la protecció de la vida com a prioritat, iniciatives que permetin organitzar l'autodefensa en aquesta guerra contra tot allò que és viu que suposa el capitalisme i la cultura que genera al seu voltant. No és el mateix afrontar la crisi de forma col·lectiva, organitzada i conscient que a través del saqueig, la violència o la lluita per la supervivència individual. *Segona Vida* ho il·lustra bé.

El difícil repte és aconseguir que les persones desitgin aquesta transició. No hi ha dreceres i el treball ha de ser col·lectiu en institucions, xarxes i organitzacions ciutadanes. Es tracta d'una tasca de pedagogia popular a realitzar gairebé porta a porta amb diferents llenguatges. Per poder canviar, necessitem desvelar els mites i ficcions, i compondre un altre relat cultural més harmònic amb l'essència humana. Fa falta ciència i informació, però també art, poesia, narracions alternatives i passió. Per això és important aquesta novel·la.

Segona Vida alerta i informa des de la literatura i la ficció. És un relat que parla d'un món col·lapsat i, cal reconèixer que molts pobles del món viuen en societats ja col·lapsades, fins i tot persones en els marges de les societats riques viuen ja vides col·lapsades.

Les seves pàgines revelen, sense gaires concessions, la violència estructural que sosté el capitalisme patriarcal, racista i ecocida imperant, que s'intensifica amb la crisi global, però, també, la solidaritat, el suport mutu, la confiança, la pulsió per la cura: l'amor com a vacuna i autodefensa.

La clau és aprendre a construir relacions comunitàries, reinventar allò que és col·lectiu perquè quan les coses es vagin posant difícils haguem creat les condicions per afrontar el que vingui sabent-nos vulnerables i necessitades d'altres persones per seguir mantenint vides que valguin la pena i l'alegria de viure-les.

YAYO HERRERO
Antropòloga, enginyera,
professora i activista ecofeminista.

❦

A qui ja no hi és, i a més de la sang, va transmetre'm
part de les seves memòries i aprenentatges,
a la Cinta, el Manolo, la Conxita i el Pere.

❦

A les companyes i els companys de lluita que hem plorat.
A la Nagore, a qui tant he amat, i que va marxar de sobte,
ensenyant-me el valor de viure i de fer-nos costat.
A qui m'ha donat la vida, el temps, el pa i l'amor
que cal per a créixer en aquest món,
a ma mare, Maria Rosa, i a mon pare, Manel.

❦

A l'Anna, companya, amiga, musa, consellera i amant,
i a la meva patufeta Sénia, per a qui cada dia és un dia nou.
Amb totes dues comparteixo la joia d'existir i el goig d'estimar.

❦

Gràcies pel seu suport i encoratjament a Feliu
Formosa, Maria Oliver i Jordi Plens.

❦

Amor profund a Anna Rodríguez Serrano
per la fotografia de coberta.

❦

La màxima gratitud a David Fernández i Yayo Herrero
per acompanyar *Segona Vida* amb les
seves reflexions i paraules.

❦

Agraïments sincers a totes i a tots els que
teniu *Segona Vida* entre mans.

❦

Jordi Pueyo i Tapias (Barcelona, 1972). Descendent de família de pagès, esdevinguda botiguera, habita en un petit comerç de l'Eixample. Les experiències dels avis en les guerres provocades pel feixisme el comprometen amb l'humanisme i l'antibel·licisme. L'escolarització en un centre catòlic concertat, que imposa la desmemòria, provoca que de molt jove abandoni l'institut i s'incorpori al treball. D'ençà participa en ateneus populars, moviments socials i veïnals i col·lectius independentistes, fent d'aquests espais de creixement i autoaprenentatge.

Als 26 anys, la mort sobtada de la seva companya el trasbalsa. Fa el possible per mantenir-se actiu i s'incorpora al moviment antiglobalització, on amplia coneixences amb activistes ecologistes i en defensa dels drets humans, civils i polítics.

Novament enamorat torna a Palautordera, el poble d'on provenia el seu avi, per ser pare, i s'incorpora al municipalisme assembleari de base. Un accident laboral el força a deixar el treball. Estudia Treball Social i s'especialitza en Mediació Comunitària i Problemes Socials. Des de llavors ha exercit de docent universitari, de formador, de coordinador i d'assessor, sense deixar en cap moment el paper d'alumne. Segueix dia rere dia desaprenent, escrivint i corregint-se. *Segona Vida* és la seva primera novel·la.